PSYCHO-PASS

下

深見真

MAKOTO FUKAMI

SIDE

DM

輕文學
Light Literature

目錄

我知道，不管在他頭上或腳下，都是一片空無，簡直就像蹬地飛天似的——不，應該說，他根本把大地踩得粉碎，孤身隻影。

約瑟夫．康拉德《黑暗之心》

番外篇　失傳的情人節

——這是發生在六合塚彌生與縢秀星成為執行官以前的事。

監視官宜野座伸元和狡噛慎也同期進入公安局。宜野座一開始被分發到第一分隊，狡噛則是第三分隊。執行官征陸智己當時也隸屬於第三分隊。但後來出了事，第一分隊人員損失嚴重，狡噛和征陸便被調派來第一分隊填補缺額。

第一分隊的監視官是宜野座和狡噛，執行官是征陸和佐佐山光留。雖已申請兩名執行官來彌補人力，但系統仍在「遴選中」。不過，就算整個分隊只有四個大男人也沒什麼問題，人數少反而更能活用機動力，實施強力搜查。即便侵犯到其他分隊的地盤，第一分隊的執行官們也毫無所忌。由於他們從不在會議上與其他分隊討論方針就貿然搜查，使他們得到「橫刀搶功的第一分隊」之臭名。特別是佐佐山的暴力行為更時常造成問題。

佐佐山有事沒事就會去公安局的健身房，在那裡和搏擊練習系統的機器人展開高水準的攻防戰。穿戴綜合格鬥技用的訓練服與半指手套的他骨骼粗壯、渾身肌肉，長相也挺有男子氣概。令人難以置信的是，他在搏擊練習中也會抽菸。現在，就連在狡噛面前，他同樣毫不顧忌地吞雲吐霧。

「佐佐山，你真的講不聽耶。」

狡噛邊說邊脫鞋，走進健身房裡。監視官和執行官，飼主和獵犬。即便宜野座總是嘮叨說：「監視官必須退居二線，我們與執行官的立場不同。」狡噛和佐佐山卻意外合得來。

「唷，狡噛，你來啦？」

「喂喂，懂不懂得尊重啊？」

「其實你根本不在意吧……狡噛監視官大人。」

說完，佐佐山把菸蒂按在損傷嚴重、正在重新開機的搏擊訓練機器人上，把火熄掉。狡噛見狀不由得皺起眉頭，心想：「該死的混蛋，待會兒又要害我被財產管理課唸了……」

「佐佐山，你之前是不是稱呼宜野座監視官『宜野老師』？」

「好像是有這麼一回事。」

「你其實是在挖苦他吧？」

佐佐山不懷好意地笑說：

「是這樣沒錯。」

「但宜野似乎還沒發現真相。」

「真的假的？」

「他那個人啊，心思其實很單純。所以說，你盡量別鬧他了。」

「狡噛，你真貼心耶。」

「這麼做本來就是應該的。」

「好吧，我以後會在你不在場時才稱呼他『宜野老師』。」

「就算我不在也別說啊，你這混蛋。」

「……話說回來，狡噛，你自己不也叫他『宜野』？」

「因為我和他是老朋友。」

「這種稱呼真不賴，有點像《檀島警騎》。」

「檀島？」

「一百年前左右的電視劇。不，應該更久一點吧？很像劇中的台詞『去逮住他們吧，丹諾』（註1）。你沒聽過嗎？」

「誰知道啊，我哪有可能聽過。」

「以前的電視連續劇或電影題材不受限制，製作也很認真，但從八十幾年前起就不是這樣了，因此，有趣的影片幾乎都產自『那個時期以前』。」

狡噛明白佐佐山想說什麼。在那個動盪的年代，人們自顧不暇，根本管不了文化與藝術；然而，如今在希貝兒先知系統的運作下，思考與幻想則受到某種程度的限制。狡噛算是好讀不倦，經佐佐山這麼一提，也發現自己感到有趣的書似乎都有些年代。

由於多少有點好奇，狡噛用行動裝置和搏擊訓練系統連線，確認佐佐山的訓練紀錄。面對設定為高難度的格鬥機器人，佐佐山用複雜的關節技壓制對手，使它難以出手。狡噛感到疑惑：這是什麼動作？抓住對方的手，用力一擰，再加以肘擊——

「你的招式還真奇怪。」

「有興趣嗎？」佐佐山用毛巾擦汗。

「我也有練點格鬥技。」

註1：「丹諾」和「宜野」發音相近。

「練了什麼？」

「踢拳道和角力。」

「有兩下子嗎？」

「還算有自信。」

「狡噛，想不想跟我挑個一場？我是說搏擊練習。」

「……就算是你也會受傷喔。」

「哦？辦得到的話就來啊……監視官大人。」

由於狡噛穿的是西裝，便去更衣室換上訓練服。戴上手套後，他和佐佐山擊拳，做為戰鬥開始的信號。就算有人受重傷，靠著搭載了奈米尺寸微型機械臂的手術機器人與細胞重建醫療技術，只要去唐之杜志恩那裡，很快就能痊癒。

搏擊練習開始，佐佐山馬上伸出手來想抓住狡噛的手，狡噛出拳還擊的瞬間，卻驚訝地發現自己不知不覺間被抓住後腦杓。狡噛被賞了一記小鉤拳，他很難出招。對方的戰鬥方式非常棘手，和狡噛熟悉的拳擊動作截然不同。

「！」

狡噛朝佐佐山的臉部揮出右直拳，但佐佐山用右肘擋下他的拳頭，並順勢滑入狡噛懷裡。

佐佐山利用右肘強行緊貼過來，狡噛緊急想拉開距離，但佐佐山的左肘擊更快。狡噛的下巴挨了一記，膝蓋隨之一軟。

只不過狡噛也不甘於被單方面痛擊，從快跌倒的姿勢使出右膝頂，完全命中因攻擊奏效而得意忘形的佐佐山腹部。嚐到出乎意料的反擊，佐佐山連忙後退。

「佐佐山……你那是什麼招式？」

「這叫馬來防身術。」

「是一種格鬥技嗎？」

「對。只不過我的馬來防身術添加了截拳道和軍隊格鬥術，變成邪門歪道的大鍋炒。」

「軍隊格鬥術……？」

「人類士兵在過往年代是軍隊的主力，戰車和戰鬥機都有載人……」

「用不著解釋，我好歹知道這點知識。」

「知道和理解是不一樣的喔，狡噛……」佐佐山說完露出笑容，卻給人一種莫名的壓迫感。「這是一種純粹只為了痛扁乃至於殺死敵人，以完全壓制為目的的攻擊技巧。只靠多隆和主宰者是不夠的，要能徒手毆打、腳踢、勒頸、斷骨……」

「………」

「我不知道其他傢伙怎麼想……可是對我來說，這麼有趣的事情全都拋給機械負責，未免太浪費了。」

「難怪你的犯罪指數這麼高……」

「我會把這句話當作是誇獎。對了……」

佐佐山話鋒一轉：

「還要繼續嗎？」

「我投降了……下巴好痛。」

「哎呀呀，保重。」

兩人進入更衣室，佐佐山全身脫個精光淋浴。長時間的搏擊練習令肌肉繃得硬邦邦的。狡噛也滿身汗水，但他只用毛巾擦拭身體。兩人隔著淋浴室的薄薄隔牆對話。

「話又說回來，狡噛，你來健身房幹嘛？」

「啊，你不提我倒忘了，我是來找你的！」

「我？為什麼？」

「就是宜野啦，你又幹了什麼好事對吧？」

「呃……」忖度一番後，佐佐山大叫：「啊，是那個吧！」

＊

這是發生在前一天的事。

「宜野老師，明天是二月十四日耶。」

在刑事課的大辦公室裡，佐佐山對宜野座說。辦公室裡只有他們兩人，其他人剛好不在。

「那又怎樣？」

「咦，你沒聽說過嗎？就是舊時代的習俗……情人節啊。」

「聽是聽過……」宜野座眉頭糾結。自己不甚明白的事，佐佐山卻知道，這個事實令他打從心底感到不悅。

「這是常識耶。別忙著搜尋了，我直接告訴你吧。」佐佐山嘴角上揚地說。

「……你是故意對我挑釁嗎？」

「所謂的情人節啊，宜野老師，是贈送巧克力給職場同事和部下的日子喔。」

「巧克力？」

「是的。您應該不會不知道巧克力有些許紓解壓力的功效吧？」

「別小看我！這種常識我當然知道！」

「簡言之，就是這麼一回事。懷著『辛苦了』、『今後也要加油喔』的感恩心情，贈送巧克力給其他人。過去的人們就是靠這樣讓職場內維持圓滑的人際關係，收到巧克力的人則在一個月後一定要回禮。」

「原來如此……」

來到二月十四日，宜野座首先造訪公安局內執行官宿舍的征陸房間。

宜野座一大早就去，征陸被宜野座的電鈴聲叫醒，以一副只穿代替睡衣的T恤和短褲的邋遢模樣開門，一臉想睡地搔搔頭說：

「……伸元，幹嘛？說實在的，我還很睏，有啥要緊事嗎……？」

「沒事，只是想送你這個。」宜野座想草草了結麻煩事，直接把巧克力塞進征陸手裡。那是他昨天連忙準備的，不是摻入黃豆的加工品，而是真正的巧克力。收下禮物的征陸不禁一臉詫異：「……咦？」

「你那什麼臉？今天是情人節啊。」

「呃……是這樣沒錯……」

「虧你年紀一大把了，居然沒聽過這種習俗？」
「我知道啊，今天是舊時代的情人節。可是……等等！」
「那就好，別忘記一個月後的白色情人節。」拋下這句話後，宜野座掉頭離去，只留下滿臉困惑的征陸佇立門口。
「搞什麼嘛，伸元……你該不會根本不懂這是個怎麼樣的活動吧？」
宜野座接著前往狡噛的房間，擺出公事公辦的撲克臉，將巧克力交給狡噛——做為一種能讓職場人際關係更圓滑的潤滑劑。
「喏，這給你。」
「咦……巧克力？」
「今天是情人節啊。」
「你每個人都送？」
「我剛剛也送給征陸了。」
「噗！」狡噛望著宜野座一臉正經的表情，忍俊不住地哈哈大笑。
「有、有什麼好笑的！」

「你一定是被佐佐山耍了吧？」

「什麼……？」

＊

狡噛和佐佐山所在的更衣室裡。

「……於是我告訴宜野舊時代的情人節真正的意義：聖人之死，宗教上的紀念日，在歐美變成習俗……以及不知不覺間，轉化為女性贈送巧克力給男性的日本式情人節……在聽到這是個帶有少許性暗示的戀愛節慶時，宜野滿臉通紅地暴怒了。」

佐佐山聞言，打從心底愉快地哈哈大笑說：

「該死，好想親眼看到那個情景啊。」

「就說別去鬧他了。」

佐佐山離開淋浴間，用毛巾擦乾身體，穿上衣服。

「……我不是單純想鬧他而已喔。總覺得宜野老師老是繃著一張苦瓜臉。」佐佐山這麼說時，臉上已見不到嬉鬧的表情。「他呀，偶爾也該讓自己放鬆一點才對……」

「…………」

「……就失傳這點來說，情人節的習俗和軍隊格鬥技一樣。難得有這麼好的溝通方式，卻這樣消失了。」

「你這人真的很扭曲，居然把格鬥技當成溝通方式。」狡噛說。「總之，在被宜野殺掉前快去跟他道歉吧。」

「說實在話，你真的以為宜野老師能殺死我？」

佐佐山上半身赤裸地點燃香菸。每談到暴力話題，佐佐山的雙眼總會閃閃發亮。狡噛心想，這傢伙簡直像隻凶暴的鬥犬。

「能殺死我的人……嗯，狡噛你應該滿有機會的。」

「如果能出人頭地，要我殺你也在所不惜。」

「喔喔，好可怕！」

第十二章　Youthful days

如霧的細雪飄落。含有塵埃的淺灰色雪。

「……擬定完美的計畫，不代表一切都會一如預想地進行。」

槙島聖護蒙著一條白色紗布走在鬧區中，以沒人聽得見的微弱聲量喃喃自語。

「即使碰上麻煩也能柔軟應對，唯有具備這種可塑性，才叫完美的計畫。雖然公安局監視官……常守朱的行動令人失望，但仍在我的料想範圍內。」

——然而，真的是如此嗎？

「狡噛慎也……」

——你是何種等級的麻煩呢？是多巨大的混沌呢？

——你是矛盾的嗎?是對立的嗎?

——不管如何,你與我是相對的概念。

街上的行人從槙島身旁走過。

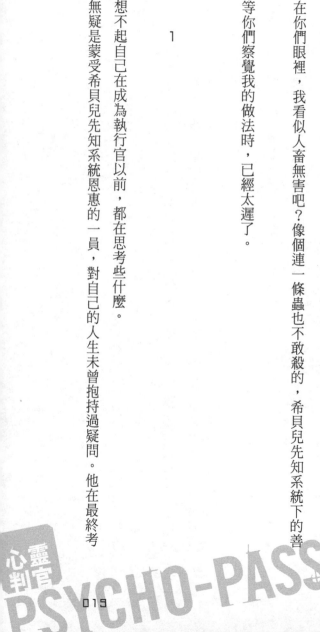

槙島緩緩轉頭,看向左右兩側。

——在你們眼裡,我看似人畜無害吧?像個連一條蟲也不敢殺的,希貝兒先知系統下的善良市民。

——等你們察覺我的做法時,已經太遲了。

1

狡噛想不起自己在成為執行官以前,都在思考些什麼。

狡噛無疑是蒙受希貝兒先知系統恩惠的一員,對自己的人生未曾抱持過疑問。他在最終考察中取得全國第一名，在匯聚最多優秀人才的厚生省職業適性中也取得A判定。彷彿那是再自然不過似的，他選擇當個最有機會出人頭地的公安局監視官。他早已記不得在做這些選擇時，自己究竟在想些什麼。

「以前的自己」像罩著一團濃霧。他不怎麼想要富貴顯赫，也沒想過要飛黃騰達——自己究竟想成為怎麼樣的大人？唯一記得的是——成為刑警以前的日子對他而言，只是一連串的索然無味。

在御堂將剛的強奪虛擬人物兼連續殺人案發生的前幾天。

狡嚙和公安局的搏擊練習系統做過密集訓練後，去沖了個澡，並飲用高蛋白質飲品，接著換上平時的西裝，走向刑事課的大辦公室。讓肌肉充分疲勞後能打個盹一定很舒服吧，可惜待處理的報告書與悔過書堆積如山，想睡也睡不成。狡嚙原本一直以「搜查很忙，沒空處理瑣事」搪塞，但在宜野座做出「繼續讓我等下去，就用老虎鉗剝下你的指甲」的血腥威脅後，他不處理也不行了。

剛做過搏擊練習，靜不下心來，狡嚙決定先抽根菸冷靜一下。他隨身攜帶「司匹諾」牌的香菸，這是以前部下佐佐山愛抽的牌子。狡嚙用打火機點燃香菸。

狡噛在佐佐山死後才開始抽菸，或多或少是因為他有著「既然那傢伙再也無法抽菸，就由我來替他抽」的心情。其實他到現在仍不怎麼喜歡菸味，但抽菸至少能讓心情沉澱下來。

——佐佐山光留。

「那個人質的犯罪指數也達到九八了……和潛在犯沒兩樣，何不乾脆一起解決？」

在攻進世田谷區北澤的反社會分子的據點時，面對高犯罪指數的潛在犯與被挾持的人質，佐佐山做出上述發言。

「能這樣混為一談嗎！」

「你這人真的很善良耶，希望你不會因此丟掉小命。」

佐佐山這個人為狡噛帶來許多刺激。

以前的狡噛，時常覺得這世界所有一切都像是虛假的。不管自己是否存在，社會仍會持續下去——狡噛超乎必要地漠然接受這個理所當然的事實。

但在他當上監視官後，空虛又無趣的每一天開始有了變化。

他發現他真正追求的事物，確確實實就在這裡。

確切活著的感覺，自己的確存在的感覺。

——槙島聖護。

——被你奪走的生命，對我而言是很特別的。

——他讓我明白「活著」是什麼感覺。

——而你，卻奪走了他。

做了個短暫的夢後，狡噛醒了。

「……嗯？」

不知不覺間睡著了，也許是訓練太過繁重吧。記得在抽菸——狡噛低頭看手，才發現自己下意識地將菸蒂插在菸灰缸裡，幸好沒燒到辦公桌或自己的身體。

腦子仍昏昏沉沉的狡噛轉頭張望四周，常守朱站在他身邊。

「常守……監視官？」

「嗯。」

「……我睡著了？」

「是的。」

「我太懶散了……抱歉。」

狡噛說完，常守別具深意地笑了。

「怎麼了？」

「沒事，我只是在想……居然會為這種事道歉，狡噛先生真的是個很不可思議的人呢。」

「是嗎？」

——現在的日子對我而言，又開始變得索然無味嗎？

2

這是宜野座伸元小時候的事。

當刑警的父親曾帶他進入廢棄區域。為什麼父子會一同前往這種平時被嚴厲警告不得接近的危險地方呢？詳細情形早已忘卻，宜野座只依稀記得父親對他說過：「發生不得了的問題，先來這個安全之處避難吧。放心，只需要在這裡待一天，不會有事的。」

在這個莫名區域的莫名房間裡，父親取出手槍給他看。似乎是因為沒其他小孩子喜歡的

「玩具」，父親才「勉為其難」地拿出來。

手裡握著這把用火藥發射的舊式武器時，聽到父親苦笑地說：「別張揚出去喔。」宜野座只記得和父親保有共同祕密令他當時很得意——但現在，他甚至無法確定這件事真實發生過。

總之，那是很特別的一天。

後來，宜野座在日東學院接受高等教育課程。

他念的是法學系。

在希貝兒先知系統的運作下，法學系的立場相當特殊。因為系統影響到一切法律，學習法律實質上只是在學習「如何維護系統的方法」。

「明明是潛在犯的孩子，為什麼色相會如此潔淨？」

宜野座曾在校園裡被品行差的同學找碴，但宜野座反倒想問他們：「為什麼你們這群廢物沒被認定為潛在犯？」那只是一群稱不上是好人，卻也沒膽危害社會的半吊子。

前來挑釁的人有五個，「學生間的鬥毆」不會影響色相或犯罪指數是眾所周知的事實（當然，幹得「太過火」一樣會被街頭掃描檢測出來）。宜野座感到不可思議，為何他人知道他是潛在犯的兒子？不知為何，這種事總會傳遍千里。那群廢物八成是看明明身為潛在犯的孩子卻成績優秀的宜野座很不順眼吧。

這種事過去也曾發生過好幾次，今後恐怕仍會再次發生。

那群人以言語羞辱宜野座：

「你老爸是因為什麼理由被認定為潛在犯？暴力嗎？」

「說不定是性犯罪哩。」

「我看多半是想雞姦兒子吧，搞不好還實際上過了。」

父親被講得如此難聽，令宜野座忍無可忍。他出手毆打挑釁的傢伙，卻寡不敵眾。面對五對一的壓倒性劣勢，他毫無招架之力而被打趴在地上。正當宜野座不甘心地緊咬下唇時，有人出現了。「在幹什麼？」該名人物愈走愈近。「你們在幹很不光彩的事吧？」他冷不防推開五人中的一人。

「你誰啊你！」

「社會學系的狡噛。」

場面演變成亂鬥。宜野座打架不算弱，但狡噛更遠在他之上。他拳打腳踢，時而兼用摔技，轉眼間就讓襲擊者們頓失戰意。趕走那五人後，狡噛向宜野座伸出手問：「你沒事吧？」

「你這麼做……會讓犯罪指數上升的！」

在道謝前，宜野座居然責備起出手相救的人。

社會學系的狡噛——在高等教育課程的首次考察中取得全年級第一的男子，宜野座則是第二名。被競爭對手拯救令宜野座感到可恥，無法老實道謝。狡噛對此似乎不怎麼在意。

「我不是認真想痛宰他們，希貝兒先知系統會原諒我的。」

他說完，天真無邪地笑了。

「為什麼……你的成績明明很好，打架卻這麼厲害？」

「因為我有學習踢拳道和角力。」

「為了獲得運動選手的適性判定嗎？」

「不……算是興趣吧？」

「興趣？為了紓解壓力？」

「不，因為鍛鍊體魄很有趣。」

宜野座第一次聽說這種理由。所謂「為了興趣而做的運動」，不是檢查色相後ＡＩ諮詢師推薦的運動療程嗎？

「狡噛慎也……你真是個怪人。」

「你怎麼知道我的名字。」狡噛訝異地問。

宜野座忍不住想咂嘴——因為你是全年級第一名啊，混蛋。

「那你沒聽說過我嗎？」

「我好像在哪裡看過你……你是那個叫『宜野什麼的』吧？」

「是宜野座伸元，好好記住這個名字。」

宜野座抓住狡噛的手站起身來。

3

在那之後，兩人開始常常混在一起。對宜野座而言，學生生活等於是和狡噛一起學習、一起玩樂的時光。他有種預感，這或許是他人生中最快樂的時光。

「你將來打算做什麼？」

高等教育課程進入最後一年的某一天，狡噛提起這個話題。

「我要當監視官，這是成為厚生省菁英的最佳管道。」

「這份工作有趣嗎？」

「不是有趣不有趣的問題。」宜野座語氣強硬地說：「現在的厚生省是世界的中心。我想要接近這個中心。」

——身為潛在犯兒子的自己隨時有可能被處理掉，所以必須盡可能接近權力中心。

「喔？那我也當監視官好了。」

狡嚙說。明明成績優異，他卻對將來的職業毫無明確規劃。

宜野座對他輕浮的說法略感不悅。

「這份工作沒那麼簡單。」

「宜野，有什麼事是你辦得到我卻辦不到的？」

「你這傢伙……」

「別那麼凶嘛！我開玩笑的！」

「你難道不知道這種玩笑被你說出口只像嘲諷嗎！」

「對……對不起……」

「你以為自己什麼都辦得到吧？」

「我沒這麼想過……」

「但你沒發現自己有個重大缺點。」

「我的……缺點？」

「你一丁點幽默感也沒有。」

狡嚙一瞬間傻眼，接著苦笑，搔搔自己的頭髮。

「……被宜野這麼說的話，可就真的沒救了。」

「喂喂，這話是什麼意思！」

第十三章　來自深淵的邀請

1

這個房間無時無刻在檢測色相，能即時分析病人——受檢測對象——的心理傾向，以此做為依據，調整音樂和顯像裝潢。基本上多半是以顯像來重現觀葉植物，但由於會配合空調調整葉子搖晃的時機，根本無法區別出和實體的不同。

這裡是公安局內的心理諮詢室，有八名諮詢師輪替，二十四小時照護職員的心靈健康。今天的值班諮詢師名叫向島，她有一張秀麗的面容——和善的雙眼、形狀姣好的細眉、蓬鬆微捲的髮型——不過這是理所當然的，因為她動過「適合擔任諮詢師」的整形手術，也因此，諮詢師們的容貌大多類似。在二一〇〇年代之後，由於人工肌肉與萬能複製細胞技術發達，微整形手術蔚為風潮。只要想改，只消二十分鐘就能改回原本的臉。

「……您的色相變差了唷。」向島說。她手上拿著隨時更新最新情報的電子病歷表。

病人是公安局監視官宜野座伸元，是目前晉升厚生省幹部呼聲最高的一個。但由於父親是潛在犯，且原為宜野座夥伴的監視官也因為犯罪指數惡化，被降格為執行官，所以他的電子病歷表被標上「需密切注意」、「重要心靈照護對象」的標籤。

「真的嗎……」

宜野座擺出撲克臉，但聲音掩飾不了緊張，就像被告知病情惡化的患者一樣。

「您的色相轉為藍色系，犯罪指數也升高了七點……這是個難以忽視的數值。」

「…………」

「原則上我們會保護病人隱私，但由於您是公安局刑警，這裡又是隸屬於公安局的設施，如果繼續惡化下去，我們有義務向上頭呈報。」

「可是我一直有服用心靈補給品，也有用療癒裝置來減輕壓力……」

「藥品和機械有其極限，您應該使用更單純且更有效的方法。」

「請問是……？」

「和您的親密對象商量煩惱。」向島露出這種場合中最適當的笑容。適當的言語，適當的表情。「您有戀人或家人嗎？」

「我沒有戀人。至於家人……只剩我父親還在世。」

電子病歷表上記載了各種情報，但公安局監視官的個人隱私是機密情報。尤其是關於家人或戀愛對象這種會影響到監視官的搜查行動或身家安全的資料，屬於極機密情報。病人若不主動透露，諮詢師便無從得知。這部分和「過去」是一樣的。

「依您的年齡，父親應該是最適合的商量對象。若沒有特殊情況，我建議您和他聊聊。」

「問題是，就是有啊。」宜野座說。

向島維持笑容，把頭側向一邊問：「您的意思是……？」

「特殊情況。」

2

公安局內的聖域——最上層——局長辦公室，禾生壤宗坐在辦公桌前，宜野座則是恭謹地站在她面前。

「我看過你的報告了。」

禾生坐在椅子上，耍弄桌上的老式玩具——魔術方塊。宜野座從以前就有點在意這件事：

局長的魔術方塊是所有方塊、所有面都相同顏色，不過每個方塊上都嵌有燈飾，只要一轉動就會發光，宜野座完全看不透這種東西該依什麼規則來玩。

「關於常守朱監視官的證詞……你認為具有可信度嗎？」

禾生的聲音不帶任何情感。

「我仔細做過現場勘查了。」宜野座也盡可能讓聲音保持冷靜。「常守監視官當時距離目標約八公尺遠，且和被害者的位置關係很明確。犯行明顯是當著常守監視官的面施行，而主宰者也確實沒有發揮正常功能。」

犯行——槙島聖護的殺人行為。被害人是常守朱的好友船原雪。

「聽說被害人是常守監視官的好友，難道不可能是她受到過度震撼而操作失誤？」

禾生局長轉動魔術方塊的喀嘰聲格外響亮。

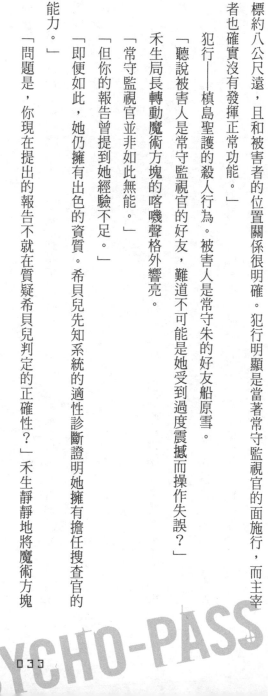

「常守監視官並非如此無能。」

「但你的報告曾提到她經驗不足。」

「即便如此，她仍擁有出色的資質。希貝兒先知系統的適性診斷證明她擁有擔任搜查官的能力。」

「問題是，你現在提出的報告不就在質疑希貝兒判定的正確性？」禾生靜靜地將魔術方塊放在辦公桌中央。「……相信你很明白，刑事課監視官是晉升厚生省幹部的儲備官員。晉升的條件是心靈指數色相潔淨，且犯罪指數必須低於五〇……但在經過十年的刑事課勤務，還能滿足此一條件可謂極為困難。統率執行官處理凶惡犯罪的任務，必然伴隨著高度壓力，導致指數超過一百的危險值的情況絕不少見。」

宜野座輕皺眉頭——局長改變話題了？

「宜野座，再過兩年你就已屆滿規定的任期。然而，你的心靈指數定期檢查結果並不理想。這倒無可厚非，畢竟最近的工作太繁重。」

「請問這是——」宜野座想問這是什麼意思，旋即發現這種反應不符合禾生的期待。宜野座收回疑問，答道：「我會全力做好心靈管理。就算一時出現危險數值，也絕不感到不安。」

禾生滿足地點頭，接著說：

「宜野座，我對你的評價很高。無論忠誠心、判斷力或執行力，你樣樣都無可挑剔。」

「……您過獎了。」

「假如你對職務的理解力也一樣出色的話，你就是明日的厚生省必不可缺的成員。讓你這種難得一見的人才無意義地留在嚴苛的第一線磨耗消費，是絕不應該的愚蠢行為。」

「這是……」

「我不認為只有依一板一眼的任用標準才能找到期望的人才。彈性調整部下的任期，是我身為公安局局長的權限之一。」

聽到禾生這句話，宜野座心想「啊，出招了」。說好聽點是「菁英」，但講白了，就是馬戲團裡的猴子。如果想吃到比別人更美味的飼料，就得表演更高明的技藝。

「現代社會安定繁榮，你知道是什麼支持著這種最大多數人的最大幸福嗎？」禾生問。

「當然是……厚生省的希貝兒先知系統所帶來的恩惠。」宜野座答。

「沒錯。舉凡人生規劃或實現願望，當今的人們不管在做何種選擇，已無須迷惘，可直接向希貝兒請示判斷。如此一來，人們再也不必煩惱，單純享受幸福與滿足即可。我們已建立起人類歷史中，空前絕後的富足且安全的社會。」

「……正因如此，希貝兒先知系統必須維持完美。」

「是的，希貝兒先知系統不被允許出錯，這是理想。但你仔細想想，假如系統完美無缺，又何必有人參與這套系統的運作？讓多隆搭載主宰者在市區巡邏不就夠了？但公安局設置了刑事課，你們監視官和執行官也握著做為希貝兒之眼的主宰者。你思考過這個意義嗎？」

「這……當然是因為……」

宜野座「未曾思考過這件事」。系統存在的理由，「不正是讓人不必思考多餘的事」嗎？

愈思考多餘的事，色相就愈容易混濁，犯罪指數也會惡化。希貝兒先知系統的存在，不正是為了防止這點嗎？

——我們這個世代的思考，「在結構上已被設限」了。局長到底想讓我說出什麼？

禾生接著說：「……系統再怎麼萬全，也要有能應付意外情況的安全措施。必須包含萬一出事時能彈性應對、補足功能上不周全的應急處置，系統才能做為一個完美的事物而成立。『沒有半點失敗的完美』是不可能存在的，『讓失敗看似成功的完美』卻不無可能。與其追求系統功能完美，讓人們信賴『系統是完美的』更為重要。希貝兒憑著民眾的信賴與安心感，才能提供給他們恩澤。」

禾生操作辦公桌上的控制台，以顯像方式顯示檔案。

「原本說來，身為監視官的你沒有權限閱覽這個極機密情報……我信任你的能力，就讓你知道吧。請務必保守祕密。」

「這是……」

「某個男子的逮捕紀錄，他沒被測量出犯罪指數就遭到逮捕。雖然紀錄上是徵得對方同意才帶回的。」

以顯像方式顯現出臉部特寫的男子是……

「藤間……幸三郎？」

宜野座怎樣也忘不了那一起害佐佐山被殺、害狡嚙被降格為執行官的「標本事件」。記得藤間明明是失蹤……

與神色明顯動搖的宜野座不同，禾生面無表情地接著說：

「他是三年前震撼社會的連續殺人案的重大嫌疑犯。」

「我對逮捕藤間的刑事課第二分隊下了徹底的封口令，所以你們第一分隊頭一次知道這件事很正常。而與藤間有關的監視官與執行官，我不是讓他們升官就是送回設施，所以現在刑事課裡知道這件事的人屈指可數。」

「為什麼這麼做！為了這個傢伙，我們不知有多麼……」

「因為和這次的情況如出一轍。」禾生再度拿起魔術方塊。「藤間做為事實上的現行犯，且有無數物證可證明他的犯行，主宰者卻對藤間幸三郎毫無反應。他的犯罪指數並沒有達到規定數值。我們將這種稀有案例稱為『免罪體質者』。」

「免罪……體質？」

宜野座頭一次聽到這個名詞。這種人物不應該存在於這個社會。

宜野座的腦中，充滿狡嚙苦澀的表情。在此一瞬間，他的一切努力似乎遭人踐踏了——

不，正確而言，是一直以來都被踐踏著，直到此時卻只有宜野座能知道這個事實。

「這是聲像掃描的測量值和犯罪心理不一致的特殊案例，機率上大約是每兩百萬人中會出現一人。」禾生發出「喀嘰」一聲，將魔術方塊轉動一圈。「因此，關於槙島聖護的情形並不值得驚訝。這男人不也極有可能牽涉三年前的事件嗎？就是因為有藤間和槙島這兩個免罪體質者合力犯案，偵辦才會陷入膠著。」

「喀嘰」一聲，禾生又將魔術方塊轉了一圈。

「這次你們遭遇槙島的情況，又比逮捕藤間時更糟一點。在現場遇見他的只有一名監視官，而且還是個新手，兩件不幸的事撞在一起。」

不幸有兩種，一種是可預防的不幸，另一種是無可迴避的不幸——宜野座的口中差點蹦出這句話。假如知道有這種「免罪體質者」存在，常守或許會做出完全不同的選擇吧。

倘若狡噛或征陸也在現場，或許會對禾生大吼「開什麼玩笑」，雖然他們也因此才是執行官。宜野座詛咒自己的沒用，並感謝這點，勉強擠出一句話：

「藤間幸三郎……怎麼了？」

「官方說法是失蹤，我並不想修改這個說法。重要的是，再也不會出現出自他的犯罪行為的犧牲者這個事實。」

禾生以聰慧的眼神凝視宜野座。

「……他已經消失了，再也不會暴露出希貝兒先知系統的盲點，也不會動搖系統的信賴度，就這麼失蹤了，永不再出現。你們是系統的末端，民眾只能靠著你們這些末端來認識、理解系統。因此，末端是否正確、適當且嚴格地發揮功能，決定了系統的信賴度。假如連你們這些刑警都開始懷疑主宰者，市民怎麼還能對社會秩序深信不疑呢？你懂我的意思嗎？」

「…………」

身為一名刑警——身為一個人，是否該同意禾生所說的話？被藤間或槙島殺死的人，其立場該怎麼辦？該以何種表情和死者家屬見面？身旁就有常守這名受害者的好友，下次見到她時，自己又該裝出什麼表情、擺出什麼態度？若無其事地扮演她職場上的前輩嗎？

問題不在於能否扮演得了，而是非得這麼做不可。

身為一名潛在犯之子，為了在這個社會存活下去。

宜野座深吸一口氣說：

「……看來我提出的報告有不完善之處。關於常守監視官的單獨行動，與主宰者是否被正確使用，有必要再慎重地檢討一番。」

「很好，請於明天早上前重新提交報告。當然，你也必須重新準備一份能讓部下信服你的統率的說詞……辦得到嗎？」

「請交給我吧。」

「宜野座，你果然是我看中的人才。」禾生難得露出微笑。

「…………」宜野座一語不發，即使被誇獎也高興不起來。

「去逮捕槙島聖護吧。盡速逮捕他，將他隔離起來……但別殺了他。即時量刑、即時處刑是只有基於希貝兒先知系統的判斷才能存在的制度，你們若依個人判斷殺人，會被視為嚴重背離系統的行為，這是絕不被允許的。」

「……了解。」

「去抓住那個男人，直接帶來厚生省吧。之後你們什麼也不必管。和藤間幸三郎一樣，槙島聖護再也不會威脅社會。」

3

公安局內，執行官專屬的住院病房裡，狡噛將病床上半部抬升起來，以較輕鬆的姿勢看書。他渾身是傷，全身上下纏滿繃帶和紗布，這是和泉宮寺死鬥的結果。子彈已經由手術機器人連零點零一釐米的誤差也沒有地精密摘除了，受傷的肌肉和肌腱則以醫療用微型機械在體內接合。幾十年前，槍傷少說要幾個月才能痊癒；多虧醫療進步，現在只需一週就能治好。

朱帶著一張疲憊不堪的臉走進病房。

「……你好。」

「午安。」

狡嚙心想，簡直像在照鏡子，他在朱的臉上見到自己在發現佐佐山屍體時的表情。「朋友被殺的刑警表情」——宛如繪畫標題。

「在讀書嗎？」朱一面說，一面將水果與飲料擺放到邊桌上。

狡嚙正在閱讀的是康拉德的《黑暗之心》。

「住院中讀電子書不是比較方便嗎？」

「我跟紙本書比較合。」狡嚙將書籤夾進書頁後闔上書本。「抱歉，勞煩妳走這一趟。」

「不客氣……反正我也被要求好好休息。」

「……辦過喪禮了嗎？」

「三天前辦了。」

狡噛想像：東京都內的火葬場，因土地不足而建立的乾淨的現代化公墓，死者家屬和朋友們抽抽噎噎地哭成一團。常守站在一旁，懊悔地看著這一幕。

「……這樣啊。」

「…………」

奇妙的空白、難堪的沉默降臨。

「……對不起，我讓槙島聖護逃了。」

朱說。負責打破沉默的，通常是受傷更深的那一方的責任。

「責任不在妳身上。主宰者出現異常了，對吧？」

沒其他話好說。在這裡情緒化地責備朱是很簡單，但那又如何？朱不可能無視犯罪指數殺人。即使目標的犯罪指數偏高，她視情況也會猶豫是否該殺死對方吧。正因如此，她才是色相潔淨、犯罪指數極低的「監視官」。狡噛的信念是凡事都不該先怪罪他人。明明已如此接近槙島，沒辦法站起來去殺了他是狡噛自己的責任，是和泉宮寺豐久打得難分難解的自己不好。

「槍枝本身似乎沒有缺陷。宜野座先生現在正在和上級調查詳細情況。」

「那傢伙過去牽涉多起案件，卻從未露出狐狸尾巴。」狡噛的眼神變得銳利。「他一定握有某種祕密……能阻斷徹底仰賴主宰者的我們的祕招。」

「……狡嚙先生，你還是和平常一樣呢。」朱露出略顯放心的笑容。「明明受了重傷，正在療養。」

「……妳也是，比我想的更快打起精神。」

狡嚙很清楚，其實她還沒振作起來吧。即便如此，能讓人覺得「看似振作起來了」的朱的心靈真是異常強韌。

「因為我覺得頹喪下去也不是辦法，必須逮到槙島聖護才行，要為朋友報仇。」

像是用針扎入身體，朱一字一句沉重地說道。

「……不管是對我，還是對狡嚙先生來說都是如此。」

「……沒錯。」

朱回去了，監視官的工作想必堆積如山。狡嚙現在的工作是休養身體，只能勉強克制想立刻衝出去搜查的心情，拚命閱讀，靠著追逐文字來整理心情。久違地又將《黑暗之心》讀過一遍後，接下來換司湯達的《紅與黑》。正當他看到于連·索海爾勾搭人妻的橋段時，這次換縢秀星進入病房。

「嗨嗨！阿狡，狀況還好嗎？」

「我已經沒事了，雖然醫生還不肯讓我出院。」

「子彈摘出後還不到一個星期吧？」

「三天就夠了。你以為我平時鍛鍊身體是為了什麼？」

「啊，對了，有見到可愛的護理師嗎？我最愛護理師的制服哩……」

滕逕自在病房的椅子上坐下。

「你的喜好關我屁事。」

「別那麼小氣，告訴我嘛～」

滕拖著有輪子的椅子，把臉湊了過來。狡噛無視他，繼續閱讀，但很快發現這麼做滕只會更吵，只好有一搭沒一搭地陪他聊個兩句。

「我沒半個記住長相的。她們只會管我抽菸，所以我一點興趣都沒有。」

「不愧是阿狡，這麼重要的部分也會漏掉……」

「囉唆。」

狡噛把書放到桌上。

「唉……我與其說是來探病，其實醉翁之意不在酒……」

「想搭訕去別的地方吧，笨蛋。」

滕注意到桌上除了書，還擺了水果。

「有人來過了？是小朱吧？」

「嗯，她剛剛來過。」

「果然，是來討論人像拼湊合成的事嗎？」

「人像拼湊合成？」

狡噛眉毛顫動一下，滕露出「啊，糟糕」的表情。

「……呃，我該回去了，再見！」滕連忙站起，搖手敷衍。「看你恢復得還不錯，我就放心啦！拜拜！」

「嗚……」

「慢著，把話說清楚。如果你真的就這樣回去，我會在三天內斃了你。」

「……不，說『斃了』太嚴重，我折斷你三根肋骨和幾根指頭就好。」

「如果是你，真的很可能這麼做……」

「這樣你懂了吧？我說到做到。」

過度的威脅反而失去意義，畢竟狡噛不可能真的殺死滕。無法實現的威脅不具任何效力，滕當然也明白這個道理。

「是是是，我說就是了……剛剛講到哪裡？」

「常守朱、人像拼湊合成。」

眼見繼續裝傻也沒用，滕嘆了口氣，開始說：

「就是記憶重現啦。能直接讀取腦波，將記憶中的視覺資訊轉換成影像的那個。」

「慢著，所以說……」

「小朱似乎想利用那種技術重現槙島聖護的模樣……因為目前只有小朱明確看過那傢伙的長相。」

主宰者的錄影功能只在對付高犯罪指數的目標對象時啟動。

記憶重現這種技術時常運用在案件搜查上。眼睛見到的景象透過視神經轉換成視覺信號，會被傳送到枕葉的初級視皮層；接著經過複雜處理後，視覺信號在頂葉聯合皮層和顳葉聯合皮層中統合起來，總算形成「影像」被大腦認知。

公安局的記憶重現技術，首先是讓目擊者盡可能詳實地「回憶」事件發生時的影像，這個行為能活化海馬體與大腦皮層；同時施以藥物與外在刺激，強化目擊者的影像記憶的視覺信號，再用專用裝置讀取出來。

這種裝置大多不會用在一般市民或目擊到過度悲慘或殘忍景象的人身上，因為為了強化記憶信號，可能會造成心靈創傷；即使是無關緊要的記憶，特別挖掘出來也可能影響到其他記憶系統，導致腦內「塞車」。

「那等於是記憶的強制重新體驗耶！還是好朋友在眼前被殺的經驗……」

「……我知道啊，所以大家都阻止她。就算小朱很堅強，心靈指數也不可能沒事的。」

「那又為什麼……」

「因為她說『下次絕對要解決他』，解決槙島。」

狡噛受到彷彿遭人以鐵鎚敲打般的沉重震撼。

滕繼續說：

「但我覺得，阿狡你也沒那個資格阻止她。」

「…………」

雖然讓人不爽，但滕說得沒錯。假使狡噛和常守朱站在相同立場，也一樣會這麼做吧。

「所以說，你打個電話給她吧……啊，只不過別告訴她這件事是我洩漏的喔。她叮嚀過我，千萬別把記憶重現的事告訴你。」

「那個笨蛋……」

狡噛好不容易才擠出這幾個字。

4

唐之杜志恩與朱、宜野座在公安局分析官研究室裡。唐之杜正在設定彷彿可用來敲碎頭蓋骨的刑求器具般，腦波人像拼湊合成、記憶重現裝置。這時，朱的手機收到來電。是狡噛——一看到聯絡人名字，朱立刻掛掉。

「……狡噛嗎？」宜野座問。

朱微微點頭回答：

「是的，我猜八成是阿滕去告密了。」

「不接電話沒關係嗎？」

「沒有必要。他一定是想阻止我。明明他自己也很胡來……」

朱脫下外套，露出襯衫，吞下能幫助記憶重現的藥丸。

「我也反對。」宜野座神經質地挪動眼鏡的位置。「這太危險了。妳的心靈指數已經因為這起案件受到影響，如果再體驗一次，恐怕……」

「反正我本來就不可能忘記那個情景。」朱堅決地說：「今後做夢也一定還會夢到，無數次、無數次地重複……總覺得像這樣和大家一起分享記憶，反而能讓我輕鬆一點。雖然我沒有根據。」

「但這真的很危險。最糟的是，萬一犯罪指數也惡化的話……」

「局長不是命令不得公開搜查嗎？」

「……嗯。」宜野座嘴上回應，視線卻從朱身上移開。「因為這個問題很敏感。專業團隊正在調查中。在結果出爐前，切勿把在那個地下空間發生的事洩漏出去。」

「……我沒有耐性等候結果。非公開的搜查難以獲得線索，所以人像拼湊合成是有必要的。」朱的話語和視線極為堅定有力。

「可是……」

「即使造成犯罪指數上升也沒關係。我就算被降格為執行官，也一定會逮到槙島聖護。」

「別隨便說出這種話！」

宜野座立刻發飆。

朱微笑著接受他的憤怒。

「宜野座先生……謝謝你那麼關心我。但請放心吧，我唯一的優點就是心靈指數色相不易混濁。」

「…………」

「小朱，準備完成了，妳坐在這裡吧。」唐之杜默默地完成自己的工作，在腦波人像拼湊合成用的病床上，設置了頭戴式顯示器。

這種頭戴式顯示器比遊戲或網路用的更大型，有大量管線與之連結，恰似蛇髮女妖的頭部。朱在病床上躺下，唐之杜將電極貼在朱的後頸，讓她和控制用的電腦同步。

「我會一直監控妳的身體狀況和心靈指數，如果判斷有危險，我會立刻停止。」

「我信任唐之杜小姐的專業。」

「被信任了呢。ＯＫ、ＯＫ，就交給姊姊吧，我不會害妳的。」

唐之杜把頭戴式顯示器往下拉，遮住朱的上半部臉龐。

「……請妳仔細回想和犯人遭遇時的情景。」

「……好的……」

「我找到關於那個記憶的腦內信號時，會將之增強。這麼做是為了增加記憶重現的精確度，但也會造成強烈的精神負擔……」

「我做好心理準備了。」

「很好，那就開始吧。」

唐之杜啟動腦波人像拼湊合成程式。朱在頭戴式顯示器籠罩的黑暗中，拚命回想碰上槙島時的情景。

＊

地下狩獵場內高低交錯的狹窄通道。

槙島、被當作人質的雪——

「我想看人類靈魂的光輝，想確認那是否是真正尊貴的事物。但是，從不自問自我的意志，只聽信希貝兒的神諭而活的人類，真的有那個價值嗎？」

朱，與她手上的主宰者。

『犯罪指數・四八・非執行對象・扳機將鎖上。』

槙島帶著笑容，從懷中取出傳統剃刀，冷不防朝雪的背上劃了一刀。

『犯罪指數・三二・非執行對象・扳機將鎖上。』

「住手……快救我……阿朱……」

事件的記憶和學生時代的回憶交錯——中學時代，一開始是雪主動來和朱攀談。

「妳叫常守朱？妳的髮型好像香菇喔。」

朱發現槙島是認真的，忍無可忍地撿起腳下的獵槍。

「怎麼？妳的食指感覺到人命的重量了嗎？那是身為希貝兒的傀儡時，絕對感受不到的決斷與意志的重量。」

『犯罪指數．低於二〇．非執行對象．扳機將鎖上。』

朱不由得閉上眼睛。她無法捨棄主宰者，只能不穩定地用一隻手扣下獵槍扳機。槍口因後座力而上揚的瞬間，第二發子彈又射了出去。兩發都沒有命中槙島，霰彈完全射偏了。

「……真遺憾，真是太遺憾了啊，常守朱監視官。」雪的細白脖子。浮現於白皙肌膚上的血管。「妳讓我很失望，所以我必須給妳一點懲罰。」槙島把剃刀抵在雪的喉嚨上，一口氣割下。『犯罪指數．〇——』「住手！」『——非執行對象．扳機將鎖上。』

＊

「——啊啊啊！」頭上仍戴著顯示器的朱發出淩厲尖叫，全身痙攣似地不停抽動。

「喂！」宜野座憤怒地對唐之杜抗議。

「我明白，強制結束！」唐之杜操縱機器，停止腦波人像拼湊合成程式。朱緊繃的身體逐漸放鬆，宜野座跑向朱身旁，取下頭戴式顯示器。朱睜大雙眼，空虛地望著前方，不停流淚。

「常守監視官，振作一點！」

「…………」朱對宜野座的話沒有反應。

「常守朱！」宜野座更大聲地再喊一次。

「……宜野座……先生？」

朱的眼神逐漸恢復精神。她以手掩嘴，當場嘔吐。

「……記憶重現成功，現在正在進行影像處理。」不在乎朱的嘔吐，唐之杜說。

「她的心靈指數狀況怎麼樣！」宜野座喊叫。

唐之杜一面進行影像處理作業，一面確認朱的心靈健康狀態。

「嗯，沒問題，色相曲線在規定值內。犯罪指數……雖然曾一度向上攀升，但已經恢復平常的數值。」

宜野座錯愕地看著朱。

「……看，沒事對吧？」朱用手背擦拭嘴角，微笑說道。

「妳……做到這種程度……」宜野座無法看向朱的雙眼。明明朱只是在微笑，宜野座卻覺得自己被責備了。她彷彿一面鏡子，清澈透明，反映出窺視者的內心。

5

幾天後，狡嚙回到公安局刑事課的大辦公室。雖然繃帶和紗布少了點，但他全身仍有多處傷痕。見到狡嚙，縢和六合塚彌生相當驚訝。

「……傷勢已經沒問題了嗎？」六合塚以冷淡的語氣問。

「因為我威脅醫生說，如果繼續逼我住院，我就要放火燒了醫院。」狡嚙說。

「不愧是阿狡。」縢吹了聲口哨。

「開玩笑的，我說服醫生了。先不提我，常守監視官呢？她的情況如何？」

「正在醫務室進行心靈療養，唐之杜說她很快就會恢復正常。」六合塚回答。雖然她還是撲克臉，言語之中卻隱含對朱的敬佩。

「小朱明明生得一張娃娃臉，卻很有毅力，老實說嚇到我了。」縢也由衷感到佩服。「發生那種事，心靈指數居然沒有直線飆往危險區。」

「……萬一出事的話，她究竟想怎麼辦？」

「不是只有你擔心她。幸好風險大，獲得的成果也極大。」

六合塚操作自己辦公桌上的電腦，叫出顯像畫面。顯示出來的是遠比原有照片鮮明的槙島聖護的模樣。「我們剛才已向櫻霜學園確認，賓果。教職員和學生們異口同聲地證實這名男子就是美術科的講師柴田幸盛。光是基於這點，就能以王陵璃華子事件的重要參考人之名義將他帶回偵訊。」

「現在也已經在逐一比對街頭監視器的錄影紀錄。」縢也用顯像螢幕放映出圖片。「立刻搜尋到的是菅原昭子的公寓入口大廳。你應該記得吧？她就是鬼魅布吉——塔利斯曼事件中的犧牲者。」

「剛剛也將槙島設定為街頭監視器的優先臉部辨識對象。只要他再有行動，我們立刻能收到通知。雖然船原雪的事令人遺憾……但她至少不是白白犧牲，常守監視官總算能就此展開還擊了。」

狡噛點頭同意六合塚的話。

「不得不承認，常守朱的堅強貨真價實。」

這個社會中，沒有什麼事比心靈指數不惡化更重要。就連淪為潛在犯的狡噛也明白這個道理——不，正因為成了潛在犯，更能切身體會。像監視官這種菁英分子，即便只有一點點，也一定會盡量避免會造成心靈指數惡化的行為，朱卻從不懼怕。相反的，宜野座就……

這時，狡噛突然想起什麼似地環顧大辦公室。

「話說回來，宜野那傢伙去哪裡？那個笨蛋有什麼臉讓常守冒這種險？」

「四點剛過不久，他說了聲『我離開一下』就沒回來了。」

「這麼說來，征陸大叔好像也不在。」

公安局本部大樓頂樓彷若觀景台。平時總被大樓切分得細碎狹小的天空，從這裡仰望頓時大上不少。宜野座和征陸與坐在板凳上休息的其他職員及清潔多隆保持距離，雙雙靠在檔風板與頂樓欄杆上。

「你居然會找我出來，明天該不會要下雪了吧……」征陸說完笑了。

「明天的降雨機率不管白天或晚上都是零。」宜野座笑也不笑地回答。

「這只是一種古老的比喻，真是的……好吧，究竟有什麼事？」

「我去心靈諮詢時……」

「嗯？」

說到一半，宜野座猶豫起來。何必對征陸顯露弱點？

「沒事……我想問一些關於常守監視官的事。」宜野座決定改變話題。

「小姐怎麼了？」

「為什麼她的色相不會混濁？她靠什麼方式紓解壓力？」

「怎麼會來問我這種事……」

「你比我和她更熟吧？」

「我哪知道啊。小姐是小姐，我是我。」

淡淡的影子愈拉愈長，黃昏時刻悄然接近，夕陽靜靜染紅頂樓。宜野座偶爾會懷疑，該不會連那顆太陽都是靠顯像創造出來的吧？

征陸說：「我能說的只有一點，小姐從不害怕自己的犯罪指數上升。」

「我身旁都是這種傢伙！」宜野座的纖長睫毛顫動，語氣粗暴起來。「常守監視官、狡嚙……連你也是。」但話說到一半，卻又變得有氣無力。

「我和狡是無可救藥了，但小姐應該沒有問題吧。」

「你怎麼能確定？」

「因為她容許、承認，並接受了這個世界。而且，她還不怕冒險。她真摯地相信刑警此一工作的意義與價值。她辦不到的，恐怕只有不遵從希貝兒先知系統的行為而已。」

「……你不一樣嗎？」

「我？呵，這個嘛……」

征陸露出彷彿遙望遠方的眼神。

「在某個時期以前是一樣的。看到小姐，總會讓我有種懷念的感覺。即便我現在成了這副德性，以前也和她一樣相信所謂的正義。然而某一天，突然冒出希貝兒先知系統這種莫名其妙的玩意兒，整個世界隨之劇烈變化。我被塞了一把會說話的槍，被命令今後就聽從它的指示射擊、逮捕或殺害。這個……不是我所信任的刑警工作。用不著蒐證，也用不著審判，人類的罪行將交由區區機械進行審判。我滿腔怒火，也對世界的未來感到不安，愈想愈覺得這種做法大錯特錯，很不甘心……心靈指數就這樣一路混濁下去了。」

「既然抱著嚴重疑問……為什麼不乾脆辭掉刑警的工作？就為了如此心不甘情不願的生活方式而把我和媽媽拖下水嗎！開什麼玩笑，事到如今你居然還有臉說喪氣話！」

征陸搔搔頭髮，嘆氣說：

「……你說的沒錯。雖然抱怨連連，我終究只能當個刑警，即便現在也是如此。就算活到這把歲數，我仍未想像過自己的人生有別的出路。」

宜野座對征陸——他的潛在犯父親——報以冷笑：

「你否定了希貝兒，希貝兒也否定了你，但新的秩序誕生了。在這個將行破滅的混沌世界中，只有日本重新站起來。」

「的確。就結果來說，錯的人或許是我吧。這個時代和平富足，不是我年輕時所能相比的。在我接受了現況，放棄似地覺得一切都無所謂的時候，我的犯罪指數也開始穩定下來。我總算變得能接受這個世界……話說回來，你呢？心靈指數色相能維持潔淨嗎？」

「這件事跟你無關吧？」

「聽說公安局幹部的晉升標準很嚴苛不是？」

「不勞你替我擔心。事到如今還來扮演父親的角色是想幹嘛？」

「身為部下，關心上司的升遷有什麼不對？」

「…………」

「就跟你剛才對我說的一樣。假如你對這份工作有所疑問，或對某些事情心存懷疑的話，最好小心一點，否則接下來你將會落入我踩中過的陷阱。」

宜野座的視線從征陸身上移開。

和面對朱時一樣，無法直視的人總是宜野座。

6

公安局局長辦公室裡，禾生深深坐在辦公椅上。看似在打盹的她，後腦杓上有道類似卡片插槽的「縫隙」，一條纜線由此連接到桌上的電腦裝置。裝置螢幕中，大量情報有如狂風暴雨般不停湧現或消失。禾生偶爾會像接上電極的青蛙般輕微抽搐。槙島的影像——朱製作的腦波人像拼湊合成照片——在螢幕中短短一瞬間顯現又消失。突然間，螢幕畫面消失。同時，如人偶般睜開眼睛的禾生從椅子站起身，拔掉後腦杓的端子，並露出和平時的穩重氣質截然不同、宛如孩童的淘氣笑容。

「總算揪到你的臉了。你快沒有退路了喔，聖護老弟。」

第十四章 甜美的毒藥

等待。

無數罪犯就是因為沒辦法靜心等待，貿然行動才會導致失敗。雖然槙島聖護不受希貝兒之眼監視，但他的後援者或棋子卻非如此。為了逃離監視，忍耐是很重要的。

槙島在等候時機來臨時，總會透過閱讀或訓練來鍛鍊自己。他沒有時間可以浪費。就這層意義而言，崔九聖顯得極為方便。一個人的訓練有其極限，有崔九聖在身旁，能當他搏擊訓練的對手。更重要的是，從不多嘴的崔九聖做為談話對象再適合也不過。

「真意外……」

崔九聖感到不可思議地說。

「你指什麼？」

「不……我只是在想……槙島先生為什麼要幫那種傢伙。」

「他是一顆調整其慾望方向，就能自由控制的棋子。很輕鬆不是嗎？就像骨牌一樣。」

「慾望嗎……」

「何謂人的慾望？我認為最棘手的慾望是自我表現慾，嫉妒或情殺都根源於此。」

「槙島先生在這方面似乎很淡薄……」

「……我自認自我表現慾近乎於零，這或許就是控制犯罪指數的祕訣吧……」

嘴上雖這麼說，但槙島心想，如果這麼輕鬆便能控制，就不必辛苦了。

「你讀過羅素的《幸福之路》嗎？」

崔九聖苦笑回答：「沒有……」

「『無聊』的相反不是『快樂』，而是『興奮』；只要能『興奮』，即使在『痛苦』之中，人也能感到喜悅。你懂吧？希貝兒先知系統正是『無聊』的體現啊……」

槙島側臉散發冰冷的殺氣。那並非刻意表現出來，而是自然湧現的。崔九聖為他的殺氣所震懾，一瞬間停止呼吸。

「…………」

這時，行動裝置接到訊息，崔九聖鬆了一口氣，以顯像表示出來。

「啊，似乎開始了。」

槙島對他微笑，輕輕揮手說：

「慢走。」

1

「藥品」在希貝兒先知系統運作下的社會有重要意義，同時是「他」亟欲取得的物品。「他」非得避免「色相」、「犯罪指數」、「心靈指數」惡化不可。像是不會上癮的壓力舒緩劑或安全的精神安定劑，效果愈好的藥品，價格就愈高，也愈不容易獲得服用的許可。此外，就算標榜「沒有上癮性，極為安全」的藥品，過量攝取依然會無可避免地出現副作用。

不過「他」想，這又如何呢？就算搞壞「身體」，只要「心靈」健全，便能在這個社會生存下去。

希貝兒先知系統追求最大多數國民的最大幸福——卻不允許國民抱著奢望。明明只要有錢，就能接受效果卓越的高等心靈療程，底層市民們卻因為希貝兒只派給「三流」的工作，被迫陷入惡性循環。不管工作或戀愛都是如此。被希貝兒烙上「你只適合三流人生」的印記後，若不乖乖吞下，總有一天會成為潛在犯。

心中雖明白這些道理，「他」仍舊無法接受、無法放棄。

「那名男子」告訴「他」一件事：

「利用這頂『頭盔』去除你的壓力來源吧。就算犯罪指數會上升，只要攝取過量藥品，就能瞞過色相檢測。至於副作用，也能靠藥品來『控制』……你想想，假如因為吃藥造成精神或記憶混亂，使得你腦中的『犯罪記憶』消失，你的犯罪指數還會很高嗎？」

東京都內，厚生省指定藥局。等候室的裝潢宛如咖啡廳，櫃台人員則是外型美麗的顯像人物。這間藥局規模雖大，但沒有人類警衛，而是配置了警備多隆。

一名頭盔男走進藥局。頭盔配上長大衣，模樣一看就很可疑。他穿過等候室，無視櫃台，筆直前往後方的調劑室。設置在門上的保全系統會簡單檢查色相，並確認最近一次的健檢測得的犯罪指數。不同於色相，犯罪指數的檢查很花時間，但如果只是確認記錄在市民身分證上的數字，只需要一瞬。只要這兩項數值高於標準，保全系統就會把人攔下。

這名怎麼看都很可疑的頭盔男，輕輕鬆鬆地穿過了正常而言可疑人物無法進入的自動門。「他」走進的調劑室內部以強化玻璃將作業區與藥品保管區分隔開來。身穿白衣的一男一女藥劑師正在操作醫療用機械臂。男藥劑師問頭盔男：「……請問有什麼事嗎……？」

頭盔男從大衣口袋取出一張便條紙，遞給男藥劑師。

「給我紙條上的藥劑。」

藥劑師瞥了一眼便條紙說：

「呃，這是一種……精神藥物，只能在獲得許可的設施，憑處方箋和生體資料領取……」

「你、你還不懂嗎？」

頭盔男從大衣內口袋取出銳利的剪刀，直接插進男藥劑師口中。門牙被戳斷，剪刀一邊的尖端插入咽喉，另一邊的尖端插入口腔上方。

「！」男人抓著男藥劑師的後腦杓，用力敲在桌子上。強烈的衝擊使剪刀貫穿男藥劑師的頭部。女藥劑師尖聲驚叫，淚眼汪汪地抬頭對天花板角落的掃描監視器大喊：

「快來人啊！」

雖然求救了，卻什麼事也沒發生。警報沒有響起，監視器以其冰冷的視線靜靜地錄下犯罪現場。

「沒、沒人來救妳的。還不快點……快點把藥拿出來。」

說完，頭盔男又從口袋取出原子筆，用力插進女藥劑師的大腿。

2

那間藥局成了案發現場。公安局多隆拉起封鎖線，警戒四周。首先是宜野座和朱搭乘的偽裝巡邏車抵達，從貨櫃中取出攻堅外套穿上。接著，護送執行官的裝甲廂型車也抵達了，在偽裝巡邏車旁停下，後車門開啟。

狡噛、征陸、縢、六合塚走下裝甲廂型車。兩架裝備運輸多隆從車上分離出來，將主宰者發配給刑警們。

「…………」

朱凝視著緊握在手中的主宰者，眉心生出一道彷彿用雕刻刀刻劃的深刻皺紋。她在心中喃喃地說：「我討厭這把槍。我恨這把槍，以及過度信任這把槍而拯救不了摯友的自己。」

「喂。」狡噛稍微用力拍了朱的背。

「哇！」被這麼一拍，朱緊繃的肩膀放鬆了一些。

「……我大致知道妳在想什麼。」狡噛將主宰者收進槍套，以平靜溫柔的語氣為她打氣。

「狡噛先生。」一和狡噛接觸、和狡噛說話，朱又想哭了——或許是狡噛太堅強，使得他身旁的人反而變得脆弱。像宜野座就是個好例子，宜野座在責備狡嚙時看起來最脆弱。

「現在先把精神集中在眼前的事件吧。」

「……是。」

藥局內的調劑室，發現屍體的地點。被剪刀從口中貫穿頭部的男人屍體和全身被原子筆亂刺一通的女人屍體倒在乾淨的房間裡，昆蟲大小的多隆在房中四處搜尋證據，宜野座和朱緊盯著來自多隆的報告。

「這是什麼狀況？」宜野座的表情顯示對現場的一切事物都感到不愉快。

「還用問嗎？案情本身明白到極點。」征陸忿忿不平地搔頭。「犯人明目張膽地從正門走進來，殺死藥局人員，隨心所欲地奪走高價、強效的藥劑後，又滿不在乎地從正門離開。」

「犯案過程完全被監視器錄下來了。」六合塚在警備監視器的錄影檔加上簡單的電子標籤，傳送連結給其他執行官們，執行官們立刻用行動情報裝置確認情報。監視器明確拍下戴著全罩式頭盔的男子走進調劑室的模樣。

「這個頭盔是怎樣……明顯有問題啊。」縢傻眼地說。

「光是可疑的話，保全系統不會啟動。」六合塚說。「從進門起，這男人的心靈指數色相一直是正常的潔淨色彩，掃描器也有留下紀錄。」

接著，畫面映出殺人的瞬間。女性藥劑師將藥交給頭盔男後，眼睛被插入原子筆。

「……簡直和那個槙島一樣。明明在殺人，心靈指數卻維持正常。」

聽到滕的發言，朱眼中閃露凶光，低下了頭。

宜野座瞪了滕一眼，暗示他「別多嘴」，接著表示：

「那頂頭盔應該是關鍵，它肯定具有某種能欺騙聲像掃描的特殊機能。那個耍弄常守監視官的槙島，或許也用了相同裝置。」

「……真的是這樣嗎……？」朱無法接受。當時槙島一襲輕裝，他的言行或態度也不像是使用裝置掩飾心靈指數的人。

宜野座眉頭深鎖，明顯在警戒似乎要說出什麼話來反駁的朱。在兩人開始爭論前，征陸連忙打圓場。

「問題是，只靠這麼一頂頭盔真的能假冒心靈指數嗎？」

「阻止聲像掃描或許有可能。」六合塚也露出困惑的表情。「但只靠這種程度是無法突破保全系統的。如果有掃描不出數值的人經過，警報會立刻響起。」

「問題是，掃描檢測出入侵者的心靈指數了。他的色相顯示他是個連蟲子也不敢殺的善良市民。」狡嚙說。

「也許他破解了保全系統？」滕說。

「不可能。」六合塚斷言。「時間很短，又是臨時起意，不可能不留痕跡地竄改資料。」

「……這傢伙很棘手。」宜野座低聲呻吟。「現行的保全系統是以全面信賴聲像掃描為前提所設計的，能即時判斷出心懷惡意的人物，現場立刻排除。倘若心靈指數檢查不出問題……就會被視為不會引發問題的無害對象，能夠自由進出。」

「多隆的ＡＩ無法分辨實際的傷害或竊盜行為，它們只能以目標的心靈指數做為判斷基準……」說到這裡，朱不禁以手掩嘴。「……搞不好這座城市已經沒有手段能防範這種犯罪……」

發現事情比想像的更嚴重，第一分隊所有人無不陷入緘默。

3

熙熙攘攘的鬧區路上，一名年輕女性——藤井博子——正邊用行動裝置和男友通話，邊朝會面地點走去。她今天沒上班。希貝兒先知系統替她選擇的工作和戀愛對象都極為合適。和生活在這個社會的百分之九十五的市民一樣，博子也在系統的指引下邁向順利的人生。

『我們今天要去的，是並非顯像而是有真正水槽和熱帶魚的水族館餐廳喔。』

「應該很難預約吧？」

『嗯。不過妳還記得嗎？今天剛好是系統判定我們適合戀愛的紀念日……』

「真的假的？你居然記得？」

『當然記得……的相反。其實是ＡＩ祕書告訴我的。』

「什麼嘛～但我還是很高興。」

這時，一名戴頭盔、穿長大衣的男子從一旁的小巷現身。雖然模樣迥異於旁人，卻沒人對他提起戒心。所有人的色相都在管理之中，這座城市有希貝兒先知系統守護，一切市民都必須接受犯罪指數定期檢查。即使有光靠檢測無法應付的例外狀況，公安局也會處理。監視官和執行官們能瞬間查驗出一個人的犯罪指數，即時處刑。任何人都明白「主宰者的威力」。誇張地讓罪犯的身體爆炸，有一部分也是為了殺雞儆猴，以收嚇阻犯罪之功效。

所以，其他人看見「那名男子」時，沒人感覺到危險，只以為他是個怪人而已。

頭盔男擋住博子的去路。博子覺得男子很礙事，想避開他繼續走，但是男子抓住博子的肩膀，用力讓她轉頭過來。

「你想幹什麼？」博子生氣地問。

「…………」

頭盔男從大衣裡取出小型榔頭。即使看到榔頭，博子仍沒有會意過來，無法理解狀況的她呆若木雞地站在原地。男子用力揮下榔頭，狠狠擊中博子的太陽穴。「喀」一聲清脆響亮的打擊聲響起，博子有如斷線的木偶癱倒在地，手腳不住地痙攣顫動。

博子連發出尖叫也辦不到。喀！喀！男人接連揮動榔頭，攻擊博子的手肘和膝蓋，使她失去行動能力。鬧區的行人們面對如此異常的情景，竟只是默默地袖手旁觀。明明知道犯罪行為就在眼前上演，卻什麼也辦不到。

宛如沒有背景音樂的恐怖電影般的暴力行為在熱鬧的街頭上演，男人撕破博子的衣服，仍在通話中的行動裝置傳來她戀人的聲音：『發生什麼事了？妳怎麼了？博子，妳沒事吧？』

「救救我……」博子勉強擠出這句沙啞的求救。

這時，地方派出所的巡邏多隆經過，這是一種配備了色相檢測裝置與電擊槍的自律行動型機械。博子伸手向多隆求救，但頭盔男抓住她的手指，用力折斷。

「來人啊……好痛……拜託……快來人啊……」

多隆偵測到博子的聲音，展開公安局吉祥物——小科米沙的顯像。

『偵測到嚴重壓力反應，建議您迅速至專門醫療機關接受心靈治療。』

「求求你把他趕走……」

『您有困擾嗎？厚生省都市服務會竭誠協助各位市民的健康生活喔。』

男人毆打博子，讓她閉嘴後，整個人趴到她身上。

多隆和行人們只是呆呆地在犯罪現場旁觀。

『現場有傷患或急診病患的話，需要為您呼叫附近急診醫院的救護車嗎？這項服務需額外收取保險外的費用——』

槙島聖護的部下——崔九聖——混在旁觀的行人中，用數位攝影機錄下全部的犯罪過程，並將拍攝下來的影片即時上傳到網路。

4

宜野座坐在偽裝巡邏車的駕駛座，朱則是在副駕駛座。執行官們乘坐在戒護車中隨行。

宜野座開口：「聽說過去的人彷彿理所當然地將大門上鎖，監視器也隨時有人類警衛監控，人們碰上不特定多數的陌生人會先起疑心。社會秩序是在這種前提下建立起來的……」他的語氣近乎自言自語。

「這是從征陸先生那裡聽來的嗎？」朱問。

這句話令宜野座的眉毛顫動一下，他回答：「……嗯，是從那個老頭那裡現學現賣來的。在希貝兒先知系統實用化後，人們再也不必懷疑別人、提防別人了，因為有問題的傢伙會在引起麻煩前遭到隔離。路上碰見的陌生人都是心靈指數獲得保證的安全、善良人物……現今社會基於此一前提成立。扣除國境防衛隊，一般保全系統全都自動化、簡略化。一旦民眾發現和這名頭盔男一樣能欺騙聲像掃描的方法存在，恐慌將無法避免。」

「或者像槙島聖護這種人其實存在的事實被公開……」

「常守監視官，妳這是在諷刺我嗎？」

這時，兩人的行動裝置收到來自緊急頻道的通信。是唐之杜志恩。

「怎麼了？」

『世田谷區三軒茶屋發生區域壓力警報……不過我不是要通知你們這個，網路現在正在流傳一則很驚人的影片，快看吧。』

在眾人環視之下，一名戴頭盔的男子對女性單方面施暴、凌辱——宛如沒有配樂的驚悚電影的情景。

「……這到底是怎麼回事……」宜野座茫然低語。

移動的車內——執行官的戒護車裡，一起坐在搖晃車廂內的狡嚙與其他執行官的行動裝置也收到了最新情報。

「這是……發生什麼事？」征陸說。

「我敢打賭，這一定是槙島策劃的犯罪。不……」

狡嚙獨自搖頭。

「根本的問題是，這個世界對犯罪的定義是什麼？」

「狡嚙……」

「這不是普通的犯罪……是某種……想撼動『基礎』的行為吧……？」

影片上傳到一般民眾使用的影片分享網站。當然，影片上傳時會受到嚴格審查，只要內容不適當，便會遭自動刪除。但實際上卻非如此，犯人顯然做了某種處理。

槙島本人或他的部下必然擁有高超的破解技術，而且很可能受過專門的電子戰訓練。狡嚙不禁疑惑，這個國家怎麼還有能養成這種人才的環境？

5

新宿區的廢棄區域，二丁目某間老舊公寓的角落有三名年輕男性。他們身上一律穿著類似制服的黑色合成皮外套，手上捧著全罩式頭盔。他們眼神凶狠、嘴角淌著口水，用行動裝置確認藤井博子被殺害的影片，興奮得呼吸急促。

這三人是「潛在性」的潛在犯，雖然數值尚未高於規定值，但色相已顯混濁，犯罪指數偏高，因此可選擇的職業和可出入的場所受到限制。愈是對自身境遇不滿，心靈指數就愈惡化，是哪天被公安局處理掉也不奇怪的傢伙們。

雖然犯罪指數的測定基準是最高機密，但經過長時間的運作後，「或多或少」能看得出怎樣的傢伙會變成潛在犯，又會在怎樣的瞬間從社會消失。

他們一直在追求「某種事物」來斬斷這種惡性循環與註定到來的破滅。

「太強了吧！」

「這場展示是真的。」

才剛說完，電子聲立刻響起，頭盔開始下載更新檔，更新內部軟體。不久，顯示可上線使用的指示燈亮起。

「……走吧。」

三人一起戴上頭盔，分成兩人與一人，分別搭上兩輛車子，車子的副駕駛座與後座擺著工程用多隆的高功率釘槍和攜帶式雷射焊槍。

距離他們僅僅幾百公尺遠的住商混合大樓地下室，目前被公安局察知的可能性極低的廢棄區域藏身處。雖說是廢棄區域，但經過槙島整理，這裡設置了顯像裝置，也有華美的裝潢。槙島正安詳地坐在沙發上閱讀岩上安身的《事先遭到背叛的革命》。

他的行動裝置接到崔九聖的報告，槙島闔上書，在手掌上呼叫出顯像螢幕，確認傳送過來的資料與圖表。那是藤井博子慘殺現場的民眾色相變化曲線。

「短時間就造成如此高的區域壓力上升……」槙島喃喃自語，滿足地點了點頭後，和崔九聖通話：「辛苦了。」

『謝謝。』

「看來行得通，沒必要修正計畫。」

『這場展示獲得爆發性的反應，狀況很不得了呢。』

「你真傻。」

『咦？』

「只是殺人罷了，什麼不得了的事都還沒發生呢。真正不得了的事接下來才會登場。」

『……說得也是。』

「只有你知道計畫的全貌，我很看重你喔。」

——這是一項很費時間的計畫。

必須先從實行凶殺案，並篩選出對這些案件的新聞感興趣、熱心搜尋的人們開始。找出會搜尋殺人或暴力等關鍵字，在線上受到厚生省警告的人。接下來是一連串的破解，重複枯燥的作業。犯罪和料理或釀葡萄酒一樣，花愈多時間，品質就愈高。麻煩的是如何獲得東京居民的色相或犯罪指數資料。這些資料近乎國家機密，受到嚴格管理。不管崔九聖的破解技術再怎麼高超也有極限，所以需要一個突破口，得到突破契機是在三年前——他們殺了某個公安局的執行官，利用他的行動裝置入侵刑事課資料庫，設置了能隨時進出的「後門」。由於行動裝置需要生體認證，可憐的佐佐山執行官就這樣被「活活解體」而死。

——雖然也因為這個結果被狡噛慎也緊追不捨，命運真是非常奇妙啊。

比對己方製作的清單和公安局的資料庫，篩選出一群「潛在性的潛在犯」——還不是潛在犯，但對社會抱持確切不滿與不安的少數派。只要拿出頭盔說服，十之八九願意和槙島合作的人們。

「唉，真希望泉宮寺先生也能看到此一情景。」

若沒有泉宮寺鼎力相助，便無法完成頭盔的製作。製作頭盔需要大規模設施。泉宮寺的雄厚資金和「建設」這一項看家本領，真的提供了極大幫助。

6

藤井博子被殺的鬧區路上，她的屍體暫且被蓋上塑膠布。在管理交通的多隆們圍繞下，趕到現場的刑事課刑警們無不眉頭深鎖。

「被害人的名字叫……藤井博子……」朱說。

「竟敢在光天化日之下……在鬧區當中明目張膽地行凶。」征陸傻眼地說。「……這個城市到底出了什麼問題？」

朱也皺起眉頭說：「……和襲擊藥局的是同一人嗎？」

「可能性很高。話又說回來……」宜野座眼神凶惡地瞪著遠處圍觀的目擊者們。「現場明明有這麼多人，竟沒有人出手相救……他們難道是稻草人嗎！」

「目擊者的證詞大多很相近，都說無法理解發生什麼事。」朱回答。雖然不是有意識的，卻不知不覺變成辯護的語氣。「我也認為這無可奈何。因為他們從沒想過竟然會有人在眼前被殺，一時之間也想像不到。他們都是壓根兒沒想過有可能發生這種事、老實度日的人們。」

「結果沒半個人通報事件，是靠區域壓力警報才發現異常。」滕說。

「放任事態發展的不只人類。」狡噛眼神晦暗地抬頭看向彷彿街燈的色相掃描器。

征陸嘆氣說：「……剛好就在心靈指數掃描器前面嗎……犯人的色相變化應該也被即時監控記錄下來了吧？」

「在這裡。」六合塚用行動裝置打開多重顯像螢幕，同時顯示出掃描器拍攝下來的影片以及被拍攝者的心靈指數色相、區域壓力變化統計圖。

「還是一樣維持正常嗎……真嚇人……」征陸不屑地說：「就連毆打女人的瞬間，也只出現少許變化。」

「數值本身會不會造假？」滕問。

「不可能。」六合塚不假思索地回答。「除非對方隨身攜帶超級電腦，否則想偽造心靈指數是不可能的。」

然而，不可能的事情真的發生了。

色相和犯罪指數不一致的情形的確不無可能，像是攝取強力的藥物或視覺毒品、正當防衛下的暴力行為——這類小小的矛盾雖沒對一般市民公開，但確實存在。

可是，犯下「使用武器殺害毫無抵抗的女性」的罪行卻不會使色相混濁，理論上絕對不可能。接近到伸手可觸及的範圍，面對面，不使用遠距離武器，血腥地殘殺被害人的行為——這是無可辯駁的「身體性的殺意顯現」，不是違法藥物或傷害罪所能相提並論。朱腦海中浮現關於槙島聖護的惡夢。那名男子即使正在殺人，色相仍維持正常。頭盔男不是槙島，卻帶來和槙島一樣的難題。

「慢著……情況有點奇怪。」狡噛喃喃說道。

「看就知道吧？」征陸說。

「不，我不是那個意思。他的反應太正常了……」狡噛指著統計圖的變化。兩條曲線重疊。「看吧，這條曲線是區域壓力的變化，卻和犯人的色相變化幾乎同步。這表示犯人行凶時的心理狀態和周圍目擊者完全一致。」

「首都圈的大動脈——穿越都心大樓與大樓之間的快速道路。流線型的運鈔車朝目的地前進，駕駛座上的不是人，而是圓筒型多隆。後方的貨艙中，也彷彿貨物般配置著警備多隆。反向車道上，有兩輛迷你廂型車衝了過來。當中一輛跨越中間的分隔線，朝運鈔車直衝而來。兩輛車劇烈相撞，運鈔車打滑，這輛迷你廂型車擋在運鈔車前方停下。

運鈔車試圖離開現場，開始倒車，但另一輛迷你廂型車已將後方完全堵住。

被兩輛迷你廂型車緊密地擋在前後，運鈔車動彈不得，造成行經民眾嚴重塞車。三名戴著頭盔的年輕男子從迷你廂型車下來，手拿釘槍或雷射焊槍等武器。警備多隆由運鈔車上分離出來，試圖反擊，卻因頭盔的緣故，警備多隆無法將三人視為罪犯，只能在附近團團轉。

一名頭盔男對警備多隆扣下釘槍的扳機，多隆被一根根粗大的合金製釘子刺中，迸射出火花。另一名頭盔男用釘槍射擊駕駛座，貫穿前擋風玻璃的釘子破壞了駕駛座上的多隆。解決多隆後，三名頭盔男用雷射焊槍強行燒開運鈔車的貨艙，露出貨艙內用行李箱裝著的大量現金和有價證券。

日

在藤井博子被殺害的現場，公安局刑警們的行動裝置又收到來自唐之杜的新聯絡。

『監視官，又有緊急狀況了。』

「這次又是什麼？」宜野座不耐煩地問。

『高速道路上有運鈔車遭到襲擊。』

聽到這句話，一行人不禁啞然。

「運鈔車……」六合塚說。

「現在居然還有人犯下這種案子。」滕難掩驚訝之情地說道。「更意外的是，現在竟然還有運鈔車？」

「就算一般民眾只用信用卡或電子貨幣消費，銀行間的交易仍然是靠運鈔車。」說完，宜野座歪頭問：「問題是，就算搶到真鈔也沒意義吧……」

「沒錯，一般而言並沒有用，多半是想確保能將現金用電子方式洗錢的傢伙幹的好事。」狡噛說。「……唐之杜，他們也戴著頭盔嗎？」

『是的，被你說中了。總數三人，全都用工具來武裝自己，和剛才事件不同人。』

「該怎麼追捕？」縢問。

「分頭進行吧。」宜野座說：「縢、六合塚，你們跟我來。常守監視官率領征陸和狡噛繼續追查襲擊藥局的犯人，我們去追緝運鈔車。」

「武裝強盜嗎……」縢不信任地望著手中的主宰者。「假如這玩意兒對他們不管用，我們不就等於手無寸鐵嗎？宜野小哥。」

「別思考多餘的事！」如此怒吼後，宜野座帶著六合塚和縢走向戒護車。

剩下的朱和狡噛、征陸也走向偽裝巡邏車。

「話說回來……犯人為什麼要做那種事……」朱半是自言自語地嘟囔。

「哪種事？」狡噛問。

「啊，我的意思是，襲擊藥局是為了藥，但是光天化日之下凌辱女性並殺死，實在是……」

「這還需要問嗎……」狡噛說到一半，腦中突然靈光一閃。

「怎麼了？」征陸問。

「我太疏忽，忘記刑警的基本功。由於犯行過於異常，還以為是隨機殺人案……」狡噛眼神發亮地露出獵犬般的表情。「用那麼殘忍的手段犯案，沒有動機反而奇怪。」

公安局分析官研究室裡，唐之杜的行動裝置接到狡噛的來電。

「什麼啦？我現在很忙耶。」

『有事情想麻煩妳調查。』

「我現在也有一大堆事情等著調查。」

『很快就能解決，只有妳這位情報分析女神能幫我們了。』

唐之杜不討厭像這樣和狡噛耍嘴皮子。

「……我這個人啊，有人奉承的話，什麼事都肯做呢。好吧，要查什麼？」

『我想請妳調查被害人藤井博子身邊是否發生過什麼糾紛。』

聽完，唐之杜在資料庫中搜尋藤井博子的紀錄。

「似乎沒出過嚴重到會留下紀錄的問題。」

如果有，早就被公安局的搜查輔助ＡＩ發現了。

『她的熟人當中，有人長期不曾外出嗎？』

「不曾外出？」

『像是被街頭掃描器照到的話，恐怕會直接被送去強制治療的重症患者……這類的。』

「原來如此。」有了具體條件，搜尋起來容易多了。唐之杜整理藤井博子的身邊情報，傳送給狡噛等人。「你看這個傢伙怎樣？」

唐之杜的顯像螢幕上浮現嫌犯的長相。

「伊藤純銘，藤井博子的同事。這兩個星期一直請病假，健康管理指導已經發函給他。」

狡噛等人根據唐之杜傳送過來的資料，立刻前往伊藤的公寓，直接破門而入。一行人手持主宰者，穿著鞋子踏在散亂的室內。

「……出門了嗎？」征陸小聲說。

「看來中獎了。」狡噛確認起居室後方，低聲說道。

整面牆壁貼著無數張藤井博子的照片，全都被刀割或針刺，勾勒出伊藤的瘋狂。特別顯眼的是附有顯像裝置的假人模特兒，一開啟顯像，假人立刻變化為全裸的藤井博子，而且假人身上到處有類似精液的漬痕。做出這種事來，也無怪乎心靈指數會嚴重惡化。

「情殺嗎……不，應該是單方面的跟蹤狂吧。」征陸嘆氣。「無法克制這種心情的話，也難怪沒辦法出門。」

這時，一名戴頭盔的男人從征陸眼前的衣櫃衝出來——無疑是嫌犯伊藤。他出其不意地撞開征陸，逃出房間外。狡噛用主宰者對準他的背影，但是——

『犯罪指數．三二．刑事課登記監視官．警告．執行官的反叛行為會被記錄下來，並且報告本部。』

「！」伊藤甩掉吃驚的狡噛逃亡了。在伊藤逃出的同時，原本在調查陽台的朱也衝過來。

「我們快追！」

「……監視官，妳的犯罪指數是多少？」

「咦？」

狡噛突然把主宰者指向朱，令朱瞠目結舌。

『犯罪指數．三二．刑事課登記監視官．警告．執行官的反叛行為會被記錄下來，並且報告本部。』

「……原來是這麼一回事。」

狡噛追著伊藤離開房間，朱和征陸跟在他身後。

伊藤在閑靜的住宅區道路上奔跑，狡噛追在他身後，並用行動裝置呼叫唐之杜：

「志恩！這附近有沒有無人區域？」

『別、別突然嚇人啊！怎麼了？』

「嫌犯會複製附近的人的心靈指數，那頂頭盔本身會對其他人進行聲像掃描！」

狡噛心想，就和哥倫布的蛋一樣。與其假造數字，直接複製掃描成果要簡單得多。

『原來如此，只要頭盔的掃描範圍內沒有「正常人」……』

「那頂頭盔就成了垃圾。快點！」

追逐戰持續著，伊藤也卯足全力——他有可逃之處嗎？應該有吧？或許他會逃向把頭盔交給他的人……不對，狡噛否定自己的想法。製作頭盔者是槙島聖護。雖然沒有證據，但狡噛深信如此。如果這個推測屬實，槙島不會讓這種下三濫知道自己的藏身處。伊藤只是毫無根據地期待有人來幫他，漫無目的地逃竄罷了。

『呃……四個街區外有物資倉庫！是全自動的，沒有職員！』

「我要把他逼進那裡！動員附近的多隆，引導他走向那裡！」

『ＯＫ！』

狡噛接著又切換通話，聯絡追趕在後的征陸與朱：

「大叔，你聽到了吧？先繞去另一邊埋伏！」

『好！』

「至於監視官，妳別接近伊藤，否則剛才的悲劇會再次上演。」

『了、了解！』

戴著頭盔的伊藤氣喘吁吁。六架多隆擋在拚命逃跑的他面前，排成一列，封鎖道路，並展開小科米沙顯像。

『親愛的各位市民，我們是公安局刑事課。為了追捕通緝犯，現在實施交通封鎖。請根據指示繞道而行——』

伊藤慌張地改變前進方向，但是他逃往的巷子口，已有一名年長的執行官擋住去路。伊藤再度變更方向，跑向物資倉庫。

同一時刻，公安局的分析官研究室裡，唐之杜正透過螢幕確認多隆封鎖區域的狀況，螢幕上也以光點顯示狡噛、朱、征陸的位置。伊藤被引誘到無人的地方，狡噛和征陸毫無疑問地很快會把他逼進死胡同。

「很好很好……維持下去。」

唐之杜想，真是個笨傢伙。難得有頭盔，就算道路被封鎖，也能強行突破多隆的封鎖。犯人肯定是混亂到連這點也沒想到吧。

伊藤終於逃進無人的物資倉庫裡。喘不過氣的伊藤不知這是公安局的策略，正停下來休息，狡嚙和征陸就衝了進來。「！」伊藤總算發現自己中了陷阱，連忙想打開後門離開倉庫，但後門上鎖，動也不動。伊藤自暴自棄地撲向狡嚙，狡嚙和征陸冷靜地用主宰者對準伊藤。

『犯罪指數．二八二．刑事課登記執行官．為任意執行對象．保險裝置將解除。』

「……那可真是謝啦。」狡嚙不禁自嘲。兩人的主宰者同時發射麻醉槍，遭神經麻痺光束射中的伊藤發出慘叫後倒地。狡嚙快步走向伊藤，脫下他的頭盔。

從頭盔底下現身的是一個涕淚縱橫、表情悽慘的中年男子。

「射擊自己的心靈指數，感想如何？」征陸問。

「我很慶幸主宰者沒變形成實彈槍。」

說完，狡嚙用右掌毆打伊藤的臉，打斷他的門牙，接著用左拳毆垮鼻梁。麻醉槍仍有效，伊藤多半不怎麼痛吧，但狡嚙還是忍不住想揍他。一想到被殺的藥劑師們和藤井博子，狡嚙不這麼做實在不甘心。追上來的朱看見他的暴力行為，厲聲斥責：「狡嚙先生，快點住手！」

9

某個廢棄區域的地下停車場。

兩輛襲擊運鈔車的迷你廂型車在這裡停下，三名年輕男子下車。

「似乎順利甩掉追蹤了。」

停車場裡除了他們，還有在此等候的槙島聖護。槙島靠在自己開來的迷你廂型車上，貨艙裡裝載了大量與三名運鈔車搶劫犯相同的頭盔。

「這頭盔真的很厲害。」三人當中的一人說。這名男子的身高接近一百九十公分，他揮舞著球棒威嚇地說：「有這麼多頭盔，應該能輕鬆顛覆這個城市吧。」

「……也許吧。」槙島面無表情地回答。

「肯定能銷售一空。厭惡希貝兒先知系統的傢伙多如牛毛。你這個事業根本是一本萬利嘛。」男人耍弄手上的小刀。「真讓人羨慕啊。這麼好賺的事業，連我們也想參與呢。」

三人不懷好意地笑著，若無其事地走向包圍槙島的位置。

槙島心想，「多如牛毛」嗎？這些人根本沒正確地認知現況。在希貝兒先知系統的運作下，潛在犯和「潛在性的」潛在犯是壓倒性少數派，關鍵在於如何以少數擾亂多數。

「別說是參與，我看乾脆由我們來主導好了，你覺得怎樣？」三名男子分別以金屬球棒與小刀及釘槍武裝自己。「不只是錢的問題。只要有這種頭盔，一定能當地下國王。」

「這提議真不賴。恰好我們眼前就有成堆的商品，乾脆直接進貨吧？」

三人已經懶得隱瞞惡意，直接舉起小刀、球棒、釘槍這些武器。

「你看似精明，卻在重要的地方少根筋。獨自帶著這堆寶物，居然沒有半點防備。」

聽到年輕男子的發言，槙島悲傷地聳聳肩說：「……這些頭盔是啟蒙工具。是為了讓人能活得像個人，讓人從家畜般的酣睡中醒來的工具。」

「啥？」

「被希貝兒迷惑的人們無法正確判斷眼前的危機。就這層意義而言，你們和那群可憐的羔羊一樣愚蠢。」

槙島展開行動，一瞬間逼近手持釘槍的男子面前。

下一瞬間，槙島的右掌打在釘槍男的臉上。釘槍男連嚇一跳的時間也沒有，鼻梁和門牙斷裂，血流如注地倒下。

為求慎重起見，槙島又一腳踩在倒地男子的喉嚨上，給予致命一擊。

小刀男雖然臉色發青，還是衝向槙島。配合他進攻的時機，球棒男也從反方向襲擊。

槙島冷靜地抓住小刀男持刀的手，用力一擰，把那隻手臂當成擋住球棒攻擊的肉盾。吃了夥伴猛烈的攻擊，手骨頓時折斷，男子手中的小刀掉落。槙島立刻朝球棒男的心窩使出銳利的前踢，凌厲的蹴擊令球棒男鬆開手中的球棒，陷入呼吸困難的狀況。

槙島用手肘攻擊小刀男的手臂，將之完全破壞，接著抓住他的後腦杓往自己拉，賞了一記膝頂。男子的下巴徹底碎裂，而且這一擊令他完全失去意識，槙島一放開手，立刻仰躺倒地。

「不知從何時開始，人類失去了分辨狩獵者與被狩獵者的明確差異的本能。」

槙島拾起球棒，走向原主身邊，用球棒握柄部分戳進仰躺倒地的男子口中。這時，男人的門牙已全部脫落。發抖的臼齒不斷碰撞握柄，發出喀嘰喀嘰的細微聲音；隔著球棒，傳來舌頭蠕動的觸感。槙島像要敲釘子般，用手掌拍向球棒末端。

「嗚咕！呼嗚——」

槙島用手掌猛力將插在男子口中的球棒拍下，隨著一聲沉重的聲響，男人的喉嚨和後腦杓碎裂。

第十五章　硫磺飄落的城市

1

網路的影片共享網站上，持續有匿名者上傳藤井博子被殺害或運鈔車被襲擊的畫面。這些影片不僅加上不讓管理者刪除的防護，就算被刪除了，又會立刻被上傳。各式各樣關於這些影片的評論或討論文章，在電子郵件或社群網站中熱烈交流。

「這是怎麼回事？多隆居然對犯罪視而不見？」

「聽說他們戴著頭盔，所以無法檢測出心靈指數。」

「真的假的？這樣街頭掃描器不就沒有意義了？」

「事情發生的時候，我人在現場，一時之間真的不知道該通報哪裡才好，因為呼叫多隆來也沒用啊。」

「聽說連公安局刑警手上的主宰者也對他們沒反應呢。」

「公司聯絡我說暫時停班，要我盡量別外出。」

「可是……如果入口大廳的心靈指數檢查失效的話，殺人魔不就能隨意進出嗎？」

「所以說不管去哪裡都一樣危險？我們無路可逃了？」

「我有一頂和這個一模一樣的頭盔，我也來試試吧。」

槙島將潛在性的潛在犯——心靈指數瀕臨危險邊緣，只能膽顫心驚地擔憂何時會被公安局送進「設施」裡的人們——列出一張清單，並將「頭盔」彷佛聖誕禮物般送到這些人手中。

當中有極少數是抗拒希貝兒先知系統的反抗組織，較多頭盔是寄給他們。此外，部分徘徊於廢棄區域的無業遊民或毒蟲也有拿到。發配頭盔時，槙島本人和他的部下如此說明：

「如果有看不順眼的傢伙，就帶上這個，直接宰了他們；若是沒錢，就去搶吧。儘管放心，我們已經發送出無數頂頭盔。

希貝兒先知系統會癱瘓的，說不定還會被關機。

你們要不斷作亂，讓大家知道這頂頭盔是希貝兒先知系統的『致命缺陷』。頭盔的系統會一直更新，反應遲鈍的厚生省根本無計可施，因為目前東京都內的人類『警官』已剩不到一百人，就連軍隊也在很久以前便把九成以上都改為無人系統。

即使政府找出應對的辦法，也沒有什麼好擔心的。我們已經掌握了大量獲得認證的強效藥品和視覺毒品，只要嗑藥到幾乎記不得犯罪的事實就行。盡情地大鬧一場，搶奪自己想要的事物，再忘記一切吧。搶來的金錢都能洗錢，在地下要買酒、買菸、買春或毒品也沒問題，你們將能實現在希貝兒先知系統的運作下絕對不可能達成的幸福。就算局勢真的變得危險，我們也能提供逃去海外的管道……」

「槙島先生，結果總共發配了幾頂頭盔啊？」

「總共兩千八百頂。這一切全都有賴於已逝世的泉宮寺先生的偉大貢獻。」

槙島無法測量犯罪指數，那種裝置是厚生省的特權，民間人士只被允許檢查色相。即使如此，槙島還是知道，對這個社會有所不滿的人，在聽到關於頭盔的事的瞬間，犯罪指數會頓時升高。這頂頭盔不只能瞞過聲像掃描，還具有打破人們淺薄理性之壁的力量。一旦色相混濁、犯罪指數上升，頭盔持有者再也無法放棄它們。

平日中午的商業區，一群上班族男女愉快地談笑著選擇午休時間的用餐餐廳。一輛輕型汽車在他們身邊路旁的停車格上停了下來，一名戴頭盔的男人從車上走出來。幾名行人注意到頭盔男，驚訝地停下腳步。

頭盔男從皮帶上的刀鞘中拔出菜刀，若無其事地走向男女上班族團體的面前擋住，故意和年輕男上班族擦撞肩膀。

「啊，抱歉。」男上班族輕聲道歉——這時他才發現對方是可怕的頭盔男。

頭盔男毫不猶豫地用刀子刺向男上班族的喉嚨。刀尖刺中頸骨，頭盔男用力一擰，刀刃卡到喉結發出「喀」的一聲。男上班族血如泉湧，這副景象令其他上班族驚呆了，連尖叫聲也發不出來。頭盔男從男上班族的喉嚨拔出刀子，立刻刺向女上班族的太陽穴。刀刃貫穿頭蓋骨，菜刀的根部也應聲斷裂。

頭盔男的皮帶上另外插著一把大型美工刀，他發出「喀嘰喀嘰喀嘰」的聲音按著按鈕讓刀刃伸長，並打開內藏的燃料電池，刀刃立刻變得像焊鐵一般赤紅發熱。他抓住另一名女上班族的頭髮，把刀刃抵在她脖子上威脅：「把妳的行動裝置和信用卡給我，並告訴我密碼。」

情報在電子郵件和社群網站中迅速蔓延。

「見到戴頭盔的傢伙要當心。」

「該怎麼辦才好？如果偵測不出犯罪指數，找公安局來也沒用吧？」

「只能自己保護自己了。」

「徵求把日常生活用品當武器使用的點子。」

任誰也無法確認情報真假。只要看看大量非法上傳的犯罪影片就知道，政府網站發表的官方聲明根本是在胡扯。不單只有藤井博子遭殺害事件或運鈔車襲擊事件，上傳的犯罪影片如指數般急速增加。

「杉並區梅里這裡有一群頭盔男聚集，快來救我。」

「有人住在附近嗎？帶著家中能當武器的東西快來集合！人多勢眾就不用怕他們。」

「露營用品中有很多工具能當成武器，記得我爺爺好像收在倉庫裡。」

「我家有家庭木工用的修邊機，我帶去好了。」

往昔的下町地區（註2），高級住宅區內一棟素雅的獨棟房子也遭到暴力入侵。在這棟配備了好幾架管家多隆、銀髮族取向的住宅起居室裡，一名手腳被捆綁的老人蠕動著身體。

老人視線所望的方向，有頭盔男和老人的妻子——另一名高齡女性。頭盔男騎在老婦人身

註2：東京都內較低窪的地區，如淺草、上野等地。

上，不斷揍她。婦人的臉部沾滿血汙，斷掉的牙齒縫隙中洩露出虛弱的呻吟。

「住手！求求你……拜託……別再打了……」

「老人不是都會把現金藏在衣櫃裡嗎？你們這裡應該也有吧？」為了防止公安局利用聲紋追蹤，頭盔會自動將犯人的聲音變聲。「我看過新聞報導，現金不用洗錢就能輕鬆電子化，非常方便。」

頭盔男又揍了高齡女性一拳，顎骨裂開的清脆聲音響起，但多隆們什麼反應也沒有。

「這個家裡……真的沒有那種東西……」

扣除少部分例外，東京都內十七歲至二十歲的青年男女，基本上會在高等教育機關接受教育，直到接受希貝兒先知系統適性檢查的最終考察來臨。

寬廣校園內的一棟七層樓校舍裡，一群還在接受教育課程的青少年，心驚膽跳地被集中在其中一間教室裡，門口被翻倒過來做為障礙物的桌椅封鎖起來。教室內有三名武裝的頭盔男正在恐嚇學生。

「今天我們請到同期之中最頂尖、最優秀的模範生來這裡～」頭盔男從容不迫地說。

另一名頭盔男開口：「難道不覺得很不公平嗎？你們的前途無可限量，相反的，我們則是什麼都不必做就知道一輩子沒有出息。」

剩下的一名頭盔男手裡拿著滅火器，踢倒身旁的學生——一名年輕男性——用滅火器底部毆打他的臉，並對一名女學生淋上多隆用的潤滑油，接著點火。皮膚被嚴重灼傷的被害人不斷尖叫，在地上打滾。頭盔男們一面欣賞她掙扎的模樣，一面瘋狂大笑。即使罩著頭盔，他們的爆笑聲仍響遍了教室。雖然灑水器很快就啟動，火被澆熄，但被害人已經渾身焦黑，開始散發出令人掩鼻的屍臭味。

「住手……你們太過分了……」一名學生聲音顫抖地說。

於是，一名頭盔男答道：「過分的不是我們，是希貝兒先知系統。因為希貝兒的判定，我們將來已確定不可能獲得什麼好工作。」

另一名頭盔男接著說：「你們這群被系統祝福的傢伙，一定無法理解將來一點也不值得期待的人生是怎麼樣的感覺吧？」

這時，背後傳來「啪哩」的碎裂聲。正在爆笑的頭盔男之一，因為來自背部的衝擊而踉蹌搖晃。

「……咦？」

女學生被燒的時候，一名學生偷偷繞到頭盔男們的背後。那是另一名外表認真文靜的女學生。她撿起堆放障礙物時打碎的椅子的一部分，刺進男子背後。碎片呈管狀，男子的血從管中大量流出。因恐懼而哭泣的女學生被噴了一身血後，表情逐漸凝固成理智崩壞的笑容。頭盔男則因大量出血與意外的反擊深受震驚，嚇得跌坐地上。

這一擊成了反擊的起點。「唔啊啊啊啊！」彷彿堤防潰堤，其他學生們也發出怒吼加入反擊，他們用沒被當成障礙物的椅子或桌子做為武器攻擊頭盔男。眾人扭打成一團，血濺一地。由於學生們的數量更多，終於獲得壓倒性的勝利。彷彿光是殺死還太便宜犯人，學生們不停、不停踐踏頭盔男們的屍體，撕破其衣服，千刀萬剮。

——暴力和惡意的感染正式揭開序幕。

朱曾針對「心靈危害」這個主題寫過論文。

往昔的心理學用語中，也有所謂的「感染論」。這是一種隨著具攻擊性的「煽動者」出現，群眾的社會性自制心會下降的現象。當前狀況下，「煽動者」當然是指頭戴頭盔的罪犯，以及在他們身後的槙島聖護。

在碰到超出理解能力的狀況時，人們在心理上往往會追求「極端」的論點。即使在必須保持冷靜的狀況，也會想將議論「簡化」為「單純的二分法」。換句話說，愈是被逼到絕境，人們愈會變得只想分出「是敵或友」。當狀況往最糟的方向發展，人們將失去常識判斷力，只要面對意見或態度和自己相反的人，立刻會顯露出攻擊性。

路上突然出現一具屍體，視地點可能被幾百人看見。幾百人之中，只要僅僅一成將這則消息流傳到網路上，立刻會被幾千、幾百人得知並擴散開來。這種速度快得令人驚奇，用洪水來形容也不過分。沒人想到這些擴散出去的情報會遭槙島等人的手加以扭曲。崔九聖只需從真正發生的事情中，挑選出對自己有利的情報加上保護，使其不受厚生省或公安局刪除即可。

東京都內某住宅區裡，一名年輕人在逃跑。他遭到手持鐵管或高爾夫球桿的成群市民追逐。年輕人被地面隆起處絆倒，摔倒在地上，市民們立刻包圍住他。

「幹什麼啦！」年輕人發出憤怒與不安摻半的聲音抗議。

「我看到你剛才脫下頭盔了。」一名市民低頭俯視年輕人說。

「……啊？」那名年輕人真的不懂他的意思。

「你們到處為非作歹，以為脫下頭盔就沒事嗎？」

「你們搞錯人了，不信的話可以檢查我的色相——」

一名市民拿起鐵管朝年輕人的額頭敲下。年輕人皮肉綻開，血流如注，左右眼各自朝著不同方向翻開。

「都是你們這群『頭盔男』，害區域壓力值上升了。拜託行行好，要自甘墮落也別拖我們下水！」

所有人對年輕人猛抽猛打，年輕人幾乎是本能地掙扎爬著想逃，但市民們繼續追著他，用園藝用品或運動用品毆打，年輕人被打到全身不停抽搐。好幾個人執拗地用鞋底踩踏年輕人的頭，沉醉在暴力的快感中。手段與目的變質了。

「這麼做應該沒問題吧？我們的犯罪指數應該不至於上升吧？」

市民之間談論著。

「我剛剛查過網路了。如果是正當防衛，或者攻擊目標是罪犯，犯罪指數甚至會下降。」

在離他們有段距離的地方，一名市民開車輾死頭盔男。他先將頭盔男撞飛，再倒車用輪胎確實地碾碎頭顱。

部分市民的攻擊性逐漸加劇。

「聽說頭盔男們的據點在廢棄區域。」某市民說。

這是槙島釋放的謠言之一。

「反正住在廢棄區域的傢伙，是對社會毫無貢獻的廢物，公安局早該驅除他們了。既然公安局不做，就由我們親手實行吧。不會有人反對的。」市民們亢奮地說。

居住於廢棄區域，對外界發生的事漠不關心的老邁遊民們遭到武裝市民的襲擊。市民們已沒有餘裕傾聽對方的說詞，一發現遊民就開殺，並用露營用的噴槍點火，燒了廢棄大樓。

2

兩名男子從某商用超高層大樓的瞭望台咖啡廳遠望首都的中心地區。他們坐在四十樓的靠窗座位，室內為挑高天花板，座位為高級皮椅，店內後方有樂團演奏背景音樂，當然，樂團是顯像裝潢的一部分。

槙島和崔九聖面對面坐在椅子上，店內沒有其他顧客。槙島從窗戶眺望街景，將瑪德蓮蛋糕浸泡在紅茶裡食用，崔九聖則在飲用瓶裝的薑汁汽水。裝配義眼的崔九聖沒有眼神，但他手指或腳尖的抖動顯露出不安與焦躁。

「……靜不下心來？」槙島靜靜微笑。

「還用說嗎？」崔九聖苦笑。「任誰都會感到不安吧。關於接下來將發生什麼事，這座城市又會變得如何。」

「我認為你這種平凡的部分非常好。我和你都是極為平凡、本質上與一般人無異的人。」

「你很平凡？做出這種大事的人自稱平凡？」

「我不認為自己是個貪心的人。我不過是喜歡理所當然的事理所當然地被實行的世界，如此而已。」

「極為平凡又普通的我們，將在這個不平凡的城市裡實行犯罪。」

「……不平凡的城市嗎……總覺得這座城市很像我過去讀過的小說之諧擬呢。」

一聽到小說，崔九聖立刻問：「像是威廉．吉布森嗎？」（註3）

「應該是菲利浦．K．狄克吧。」槙島說，「不像喬治．歐威爾所描述的社會那麼集權，也不像吉布森描寫的那麼狂野。」

「我好像沒讀過狄克的作品……做為入門作品，讀哪一本比較好？」

「我推薦《仿生人會夢見電子羊嗎？》。」（註4）

「聽說是古典電影的原著小說。」

「小說內容與電影有不少出入，有空的話可以比較看看。」

「我會去下載的。」

「買紙本吧，看電子書沒什麼意思。」

「是嗎？」

「書不只是用來閱讀文字，也是用來調整自己感覺的工具。」

「調整？」

「狀況不佳的時候，書的內容往往讀不進腦子裡。這種時候，我會思考是什麼妨礙我的閱讀。但也有即使狀況不好，內容仍很容易吸收的書，這時我就會思考為何會如此。讀書像是鋼琴的調音，或許稱之為精神的調音亦無妨。調音時，重要的是手指撫過紙張的觸感，或翻動書本的瞬間對於腦部神經的刺激。」

「……愈聽愈令人沮喪啊。」

「嗯？」

註3：William Ford Gibson，一九四八年出生的美裔加拿大作家，主要寫作科幻小說，被稱作賽博朋克（cyber-punk）運動之父。賽博朋克是科幻小說的一個分支，以電腦或資訊技術為主題，小說中常有社會秩序受破壞的情節。現在賽博朋克的情節通常圍繞駭客、人工智慧及大型企業之間的矛盾而展開。

註4：一九八二年上映的美國反烏托邦科幻電影《銀翼殺手》的原作小說。

「和你聊天，會讓我覺得自己過去的人生都白費了。」

「你想太多了。」

「真的嗎？」

「……時間快到了。」

「我們走吧。」

兩人離開座位，走出店家。門口的螢幕顯示「臨時休息」的告示，他們是在員工去避難的店家裡享用霸王餐。

「我有件小事想問。」槙島不甚在乎地說。

「是？」

「你喜歡吉布森嗎？」

「在我還小的時候嗜讀他的作品，像是《神經喚術士》、《倒數歸零》、《超載的蒙娜麗莎》……」

「一流駭客喜歡吉布森嗎……多麼『恰好』的選擇啊。」

3

公安局，刑事課大辦公室的大型顯像螢幕上，一件接一件地顯示出事件發生的通報，刑警們緊盯著螢幕畫面不放，只有宜野座忙著用行動裝置和上司與其他分隊的監視官聯絡。

「……這是怎麼回事？」六合塚茫然低吟。

「幾十件……不，幾百件，還在增加中。」征陸表情嚴肅地說。

「各地幾乎陷入暴動……」朱說。

「不是幾乎，這就是暴動。」征陸訂正她的說法。

「區域壓力值也上升到驚人的程度。」狡噛語氣冷靜地說。「暴動的不只有戴頭盔的傢伙。恐慌的市民結成團體，在各地以暴制暴。」

宜野座結束行動裝置的通話，對所有人說：

「禾生局長下令緊急召集。包括休假人員在內，對全體刑事課人員下達總動員令。」

所有刑警接獲總動員令，在公安局的大會議室集合。在這個除了演講或研究發表以外，沒什麼機會使用的寬廣空間內，除了宜野座與朱率領的第一分隊，平時輪班值勤的第二分隊、第三分隊的監視官和執行官也全員到齊。

第二分隊的監視官為一名男性、一名女性，執行官則是三名男性、一名女性，合計六人。

第三分隊的監視官為兩名男性，執行官則是男女各二，合計也是六人。

至於第一分隊同樣是六人，總計為十八人。

朱剛分發到這裡的時候，刑事課全體監視官為七名，執行官十三名。如今人數減少是因為有刑警的心靈指數惡化，去接受集中心靈治療。

局長禾生站在會議室的講台上，開口說道：

「……首都圈目前面臨有史以來最大的危機。自從希貝兒先知系統導入以來，市民暴動的可能性早已滅絕，因此現在的公安局並沒有能鎮壓暴徒的人員與裝備。我們的和平持續太久了。目前軍用——國境警備多隆，正在火速進行換裝為非殺傷性武器的作業，但都內狀況卻是刻不容緩。在正式鎮壓部隊編成完畢之前，只能由各位刑事課成員來擔任守護市民安全的最後之盾。

問題是暴徒的頭盔具有妨礙聲像掃描的功能，這同時會妨礙主宰者。對付這種頭盔，最有效的攻擊是電擊警棒，可用來麻痺配戴者本身，或使頭盔短路。倘若目標人數眾多，亦允許使用緊急用的電磁脈衝投擲彈。只要以突波電流使頭盔失去作用，就能一如往常地使用主宰者執法。只不過在使用投擲彈前務必慎重考慮，不注意地點、隨意引發電磁脈衝的話，有可能造成都市機能癱瘓。」

聽到這裡，征陸舉手發問：「請問投擲彈的數量有多少？」

「並不多，現場所有刑警……一人分配兩顆恐怕就全數告罄。」禾生說：「請各位同仁三人編成一隊，各自分攤負責區域，展開地毯式鎮壓。雖然很花時間，也有高度危險，但目前恐怕沒有更好的手段……這個城市的未來就肩負在各位同仁身上了，請務必好好執行任務。」

4

商業區的小巷裡，用來掩飾垃圾車運載區及複雜管線的環境顯像後方——槙島和崔九聖潛藏在這個潮濕、骯髒、鮮少日照的建築物狹縫裡。除了他們以外，還有六名體格極為健壯的男人。崔九聖將使用顯像鍵盤操作的小型筆電放在郵差包裡說：

「雖然我早有自覺和你同行是條險路……」

「但你還是沒打算回頭吧？」槙島愉快地說。

「把生活的一切寄託在那種莫名其妙的東西上卻毫無所感的傢伙，才是真的有問題。」

崔九聖有時會想，假如沒遇見槙島聖護，自己的命運會變得如何？毫無疑問地早就死了吧？他明白自己的犯罪指數必然很高，不論他的破解技術再怎麼高超，只靠一台電腦也不可能躲避數十年不被發現。希貝兒先知系統沒那麼容易能搞定。崔九聖的義眼具有顯示街頭掃描器監視範圍的功能，但在食衣住行各方面，絕對會碰上不可避免地需要生體認證的場合。槙島擁有超人般的能力，以及不知道在哪建立起來的廣大人脈、資金、組織力——倘若沒碰見這名謎般的男子，身為非法入境外國人的崔九聖，只能畏畏縮縮地過著與溝鼠沒兩樣的生活。

「……畢竟我是個外國人，只要今後還能活下去就該謝天謝地了。」

「但這裡對我而言是生於斯、長於斯的故鄉，這是很迫切的問題。」

崔九聖觀察六名男子。

「他們算是你挑選出來的精銳吧。也就是由衷想見到你實施大破壞後，會有什麼未來降臨的人們。」

「破壞後的未來嗎……希望真的有呢。就算沒有，我也會欣然接受。」

六名男子戴上頭盔。

「崔九聖，網路上的情報操作進行得如何？」槙島問。

「事前設置的ＡＩ已經在活動中。」崔九聖說。

崔九聖突然又想，日本真是個好國家，比起強迫他勞動、如今已瓦解的「祖國」真的好太多了。假如崔九聖不是個非法入境者，或許不會想破壞——不，就算如此，像他這種人多半也只會淪為潛在犯吧。

5

宜野座、征陸、六合塚搭乘著配備巡邏多隆的巡邏車，率先從公安局的地下停車場出發，緊接著朱、狡噛、滕的團隊也出動。一輛接著一輛，第二分隊、第三分隊的巡邏車依序離開。

朱坐在駕駛座，副駕駛座上是狡噛，後座則是滕。三人各自穿上防刃外套，確認主宰者和電擊警棒穩穩插在背部的槍套裡，掛在腰帶上的腰包則裝有電磁脈衝投擲彈。

「……槙島聖護，你總算出手了。」狡噛低喃。

「請等一等。」朱說：「目前並無決定性的證據證明槙島有參與這場頭盔暴動。」

「仔細想想就知道。在一般人想找出希貝兒先知系統的漏洞、想製作能使系統無效的裝備的瞬間，色相就會變得混濁。能設計、量產並分發這種玩意兒……還能引起暴動，光是預先的準備工作少說就得花上幾個月吧？在這段期間，妳真的以為有人能完全避開聲像掃描嗎？也得要有生產設備才行。」

「啊！」

「能製作那頂頭盔的，只有不必頭盔也能對抗希貝兒先知系統的人才辦得到。明明是犯罪者，犯罪指數卻很低的傢伙——」

「…………」

「現在回想起來……妳還記得御堂吧？」

「當然。」

記得在搜查案件時，唐之杜曾說過：「只有一個人完全合乎條件。御堂將剛。二十七歲，上班族……自從四年前的定期檢查後，再也沒有測量過心靈指數色相……之後也不曾出現在街頭掃描器底下。」

「整整四年沒出現在掃描器底下是不可能的。當時因為沒有其他可能性，我們只能接受這種說法……但假如說，這頂頭盔在更早以前就完成的話呢？這樣一切就說得通了。雖然這種頭盔對犯罪指數異常的槙島沒必要，但對槙島的部下或受他掌控的連續殺人犯卻極有幫助。我相信他們在關鍵時刻一定有使用頭盔，在我們眼裡才會顯得神出鬼沒。」

「但這頭盔說起來是槙島的『王牌』吧？」朱歪頭說：「不管是御堂或是王陵璃華子，在頭盔的使用上應該都有受到嚴格限制。」

「沒錯，但這時卻像跳樓大拍賣把頭盔拋了出來，表示他已不打算繼續躲躲藏藏。」

「槙島的目的是……引發希貝兒先知系統啟用以來的最大暴動？」縢問。

「……不對。」朱凝視著道路前方說：「槙島的犯罪總帶有『尋找解答』的性質……這場暴動規模雖大，但是，我實在無法相信混亂本身是他的目的。」

「……我也贊成監視官的意見。」

「狡噛先生。」

「如果他只是個引起暴動就感到愉悅的罪犯，我們早就輕鬆將他逮捕到案了。」

縢用行動裝置確認狀況說：

「哇，網路上也是一片慘烈……摻雜著真實的謠言到處流竄。」

「明明已經實施報導管制了……」

「謠言好像比較醒目耶。慢著，這什麼？『公安局屠殺居民』？」

狡噛也確認網路情報——

「誰知道戴頭盔的傢伙會做出什麼事？也有人把頭盔藏在包包裡行動吧。」

「背著大背包的傢伙也很危險，最好把他們打到動彈不得。」

「如果區域壓力繼續上升，公安局會來屠殺區域所有居民！」

「在犯罪指數上升前，要先自我防衛！」

巡邏車抵達朱等人被指派負責的區域。路旁有屍體，幾間房子起火，商店有被搶劫的痕跡。從車內見到此一慘況，朱倒抽一口氣，皺起眉頭說：

「短短時間內……簡直像變了一座城市。」

前方道路有個戴頭盔的集團正在和群眾起衝突，各自持著武器互相殘殺。不安、強烈憤怒、恐懼與衝擊。頭盔組人數雖少，但刀子或雷射工具等武裝比較充實，雙方戰況陷入膠著。

「得快阻止他們才行！」朱焦急地說。

「直接開車衝進去吧，撞死幾個算幾個。」狡噛提議。

「不行！」

「我覺得是好主意。」滕附和。

「哪是啊！」

巡邏車停下，三名刑警離開車子，朱拿起小型筆型擴音喇叭警告：

「我們是厚生省公安局！立即停止暴力行為，把手貼在頭上，趴在地上！」

警告被忽視了，廝殺仍持續著。

「人數太多了。滕，該讓你的脈衝投擲彈登場。」

「……阿狡，你自己不是也有分配到嗎？」

「別頂嘴。你多猶豫一秒，就會死更多人。」

「為啥說得好像都是我的錯……真是的……」

雖然表情看似無法接受，滕仍乖乖從外套的腰包取出電磁脈衝投擲彈，解除保險後丟出，瞬間發出「啪」的一聲，電光閃爍。伴隨刺耳的噪音，大容量電容釋放出突波電流，現場所有頭盔立刻冒出火花。

狡嚙拔出主宰者，對準其中一名頭盔男，主宰者立刻變形成實彈槍模式。他扣下扳機，用特殊集中電磁波破壞人體。內臟沸騰，肌肉破裂，該名目標瞬間成了一灘肉泥。滕也舉起主宰者，一樣變形為實彈槍模式，把另一名頭盔男送進血海。

「再警告一次！」狡嚙大喊。

朱回過神來，以擴音器警告：

「由於各位不肯停止暴力行為，我們只好開槍了！依照犯罪指數的檢驗結果，可能會使各位喪命！我重複一次！把手貼在頭上，趴在地上！」

配戴頭盔者和市民的戰鬥總算結束了，眾人一臉剛從惡夢中醒來的表情，聽從朱的指示，把手貼在頭上，趴在地上。朱鬆一口氣說：

「……但是，接下來該怎麼處理他們？」

「先用手銬銬在多隆身上。雖然現在多隆沒什麼用，但至少能當個看守。等狀況平靜下來再來處置。」

「原來如此。」

三名刑警將暴徒用手銬銬在多隆上。一名暴徒不甘心地說：

「……搞什麼嘛，明明搗亂的是戴頭盔的傢伙……公安局怎麼不去處理滿街作亂的頭盔混蛋？我們是被害者耶……」

「…………」

聽到這句話，狡噛停下動作。

「……狡噛先生，你怎麼了？」

「他們也是被害人。」

「是呀。若不是為了抵抗罪犯，市民根本不會變成暴徒——」

「不。」狡噛打斷朱的話，「我是指戴頭盔的人。」

「等等，戴頭盔的是加害人吧？」

「不，就如同我們剛才所見的那樣，雖然很花時間，但戴頭盔的人終究會全部遭到獵殺。即使我們不來，他們也會被市民凌虐至死……我從剛才就感到疑惑，網路謠言傾向於唆使民眾攻擊。假如這是槙島操作情報的一環……」

朱和縢同時睜大雙眼。

狡噛接著說：

「我們已經知道他自己或他的夥伴中有厲害的駭客，目前為止的犯罪全都指出這個可能性……看看剛才那些舉手投降、脫下頭盔的傢伙吧，沒有頭盔的話，他們只是什麼罪也不敢犯的廢物。某種意義下，他們同樣是被槙島玩弄於股掌間的可憐人。」

「慢著，所以說，槙島的目的是……」縢也發現事態異常而陷入沉思。

「假設這一切都在他的計畫中，就連我們現在全體出動鎮壓暴徒……也正中他的下懷……」狡噛回到巡邏車，在中控台叫出導航地圖。「監視官，要求我們優先鎮壓暴動的地點是哪些地方？」

「呃……是這裡。」

朱讀取資料，地圖上顯示出幾十處光點。

「我猜這是調虎離山之計。倘若他們為了引出所有刑事課人員，而讓某些地點的暴動變得激烈……」狡噛用鍵盤輸入搜尋條件。「只要以同時離所有鎮壓地點最遠的地方為搜尋條件，搜尋的結果應該就是他們真正的目標吧。」

按照狡噛指定的搜尋條件進行運算後，地圖上的某處閃著紅色光點。

是厚生省本部所在地——九連大樓。

6

槙島一行人搭車移動，駕駛者是崔九聖。美其名為駕駛，其實全都交給ＡＩ即可，沒什麼人類可做的事。

「這五年來，我費盡心血，試圖掌握希貝兒先知系統的實態。」崔九聖說：「厚生省宣稱希貝兒是……以設置於首都圈各地的伺服器進行平行分散處理，能實現鐵壁般的容錯能力的理想系統。實際上，要檢測、分析全首都圈的居民的心靈指數，的確需要龐大的演算能力，不靠透過網路進行的網格計算恐怕難以應付。」

槙島面露微笑，心想或許因為緊張，崔九聖變得多話了起來。

「然而，愈檢驗就愈覺得資料流動的方向明顯有問題。我發現不管是街頭掃描器、獲得認證的心靈諮詢ＡＩ，或是主宰者……乍看之下運用了網格計算的這些資料，其實只是被互相踢皮球。這時我才總算發現一件事：巡繞整個希貝兒先知系統的通信，很不自然地、徹底地一定會經過某個特定的中繼點。假如那裡藏著無人知曉的獨立系統……一切希貝兒的演算都由那台電腦處理的話……這一切現象就變得很合理。」

「你果然很厲害。」

受到槙島誇獎，崔九聖靦腆地笑了。

「……只不過如此一來，那台電腦的性能又讓人摸不透。就算那是上個世代的叢集式電腦，甚至是更早前的超級電腦，它都發揮了現有技術無法說明的處理能力。重點是我實在無法理解集中在同一處處理資料的意義。即便考慮到安全性理由，這樣做的風險還是太高。」

「也許他們是為了保持祕密，才甘冒這種風險？」

「我就是這個意思。愈想愈可疑，不去一窺希貝兒先知系統的真面貌，真令人不甘心。」

「而你想一探究竟的可疑設施就是——這裡。」

車子來到厚生省本部九連大樓前停下。

「聲像掃描取得的所有資料的中繼點，而且這個區域的消費電力也明顯有經過偽造的痕跡。幾乎可以說，希貝兒先知系統毫無疑問地就設置在這個厚生省本部當中。」

槙島等人下車，各自拿起武器。

「那麼各位，我們就去挖出來吧。」槙島一無所懼地笑了。「挖出這位宣達偉大神諭的巫女的肚腸。」

「

巡邏車朝目的地全速飛馳。不是AI的自動駕駛，駕駛座上坐著狡噛轉動方向盤，油門全開。想打破法定速度，除了以「人力」駕駛，沒有其他辦法。基於監視官權限，這輛巡邏車可無視交通規則全速飛馳。朱坐在副駕駛座上和宜野座聯絡。

「宜野座先生，首謀者的目的是襲擊厚生省本部大樓！暴動是調虎離山之計！」

『怎麼可能！別因為無來由的臆測就擅離工作崗位！現場可是人命關天啊！』

不只宜野座的聲音，另一頭還傳來怒吼聲或爆炸聲。宜野座的團隊也是卯足全力。面對不斷擴大的暴動，人手實在不足。

然而，即使如此──

「但是所有監視官和執行官都出動，現在中央政府機關沒人防守了！」

朱也拚命說服他。根據過去經驗顯示，沒有比狡噛更能掌握槙島計畫的人。槙島已經用掉王牌了。明明不引起這場暴動的話，他可以利用頭盔繼續安全地犯罪──這就表示，這項行動對槙島而言就是有這個價值。

「碰上槙島的話，警備多隆跟稻草人沒有兩樣！如果我們一直被敵人奪走先機，事情真的會變得無可挽回。至少讓我們去確認一下吧！」

『…………』

另一端陷入沉默，宜野座應該也發現朱只是在轉述狡噛的意見。這種情況下，相信朱就等於相信狡噛。朱在內心不斷默念：「宜野座先生，你們不是朋友嗎？你們以前是好夥伴吧？我的意見不重要，請你務必要相信狡噛先生。」

『……我明白了。』宜野座嘆氣。『你們先去確認狀況吧，我們留在市區繼續鎮壓暴動。有問題立刻和我聯絡。』

「是！」朱興奮地結束通話。

「看見了！」縢大叫。

總算接近到用肉眼也能看見厚生省本部九連大樓的距離。

第十六章　審判之門

1

這座城市裡最巨大的建築物是厚生省本部的事實，如實顯示出厚生省的權力在主要政府機關中也是高人一等。厚生省本部九連大樓除了九十層樓高的主要樓層，還有幾十公尺高的頂樓設施。完全展開環境顯像的九連大樓，看起來就像一座近代風格的大教堂。在「倖存的先進國」只剩日本的二十二世紀，這棟大樓無疑是世界的中心。

槙島等人從正面入口大廳進入，先破壞六架警備多隆，接著襲擊位於九連大樓二樓的厚生省一般職員辦公室。雖然狀況緊急但仍留守在這裡的幾名員工，一個不留地遭到槙島等人用釘槍及雷射工具解決掉。崔九聖取出筆電，用實體纜線和員工電腦連接，接著展開顯像鍵盤，開始直接收集情報。

「這棟大樓裡電力消耗特別劇烈的地方……有兩處，頂樓和地下。」

「哪裡才是希貝兒先知系統的本體？」槙島問。

「頂樓附近是通訊塔，電力消耗大很正常，但地底的設施就連透過內部員工的電腦也無法查明真相。」

「設施導覽顯示似乎只到地下四樓。」

「但從當初的設計圖看來，地下有二十層樓之多呢。怎麼看都很可疑。」

這時，崔九聖的行動裝置發出警報。

「啊。」

「怎麼了？」

崔九聖已先駭入交通局的部分監視系統，並能自由控制。他用行動裝置以顯像方式顯示出影像。

「好快！已經有公安局的車子朝我們殺過來了，真厲害。」

「想必是狡噛慎也吧，我並不訝異。」槙島不僅不緊張，表情甚至還有些愉悅。「就看他還要多久才能追上我們……」

「太悠哉了吧？」

「我們兵分二路吧。我往上面，你往下面，各自帶三名部下。」

「真的好嗎？目前看來，真正的目標是……」

「狡噛一定會朝我而來，所以由我當誘餌比較合理。崔九聖，我期待你的努力。」

「……我明白了，交給我吧。」

「那麼……宴會差不多該到最高潮了。」

2

巡邏車在九連大樓前停下，朱、縢、狡噛手持主宰者奔跑。狡噛另一隻手上抓著在鎮暴現場撿到的頭盔。

他們在入口大廳發現幾架遭到破壞的警備多隆。

「我們料中了。槙島聖護……那傢伙的目的究竟是什麼？」

狡噛說完，眼神變得更加銳利。

雖然是這種緊要時刻，朱還是忍不住嘆氣，心想狡噛又露出那種眼神。

——狡嚙先生現在的眼神，是我最討厭的獵犬表情。

「直接攻進厚生省本部？他們是瘋了不成？」

「該不會想來設置炸彈吧？」縢歪頭說。

朱衝到設置在牆上的警報系統前按下按鈕，但沒有反應。

「通報裝置被切斷了！敵人已經侵入內部！」

「喂，唐之杜。」狡嚙使用行動裝置的通信功能聯絡公安局分析室。

『你們那邊進行得怎麼樣？』

「接下來才是重頭戲。妳能從公安局確認厚生省本部大樓的監視器嗎？」

『厚生省是我們的上級組織。』

「辦不到嗎！」

『能用「後門」的話就辦得到。但會有責任問題，日後會有許多麻煩。』

聽唐之杜這麼說，狡嚙眼神尖銳地瞪著朱。

「嗚……」

狡嚙默默地以視線施加壓力。後門——可以繞過電腦的資安系統或管理者權限的漏洞，通常是軟體開發時用來測試的通道，或是開發者意圖不軌偷偷加入的，算是一種設計上的缺失。

雖不知唐之杜掌握了何種類型的後門，總之不會是正規的，那是一種不合法的手段。

「我明白了！事態緊急！一切責任由我扛起！」朱半是自暴自棄地大喊。

『我將這句話記錄下來囉。ＯＫ，就使用「後門」的鑰匙吧。』

「接下來和宜野聯絡吧，監視官。」

宜野座和征陸、六合塚將解除武裝的頭盔罪犯與暴徒化的市民逮捕、拘束起來，用手銬銬在多隆身上。宜野座接到來電，拿著行動裝置走到離罪犯們有點距離的地方說：

「……確定沒錯嗎？」

『關於是否為槙島，唐之杜分析官正在追蹤……』朱回答：『可是有武裝集團入侵厚生省本部大樓是毋庸置疑的事實。大樓受到攻擊，電子與通信方面都陷入孤立狀態。』

「……該死！」

『距離國境警備多隆投入還要三十分鐘……依據突破入口大廳的入侵者其武裝判斷，這群人明顯是有備而來，只靠這裡的警備系統是阻止不了他們的。』

「我了解了。常守監視官，還有……聽得到嗎？狡嚙和滕。」

『嗯。』

『有～』

「暴動還在持續，沒辦法把全部刑警都送回厚生省本部大樓支援，因此第二分隊、第三分隊繼續鎮壓暴動，大樓就由我們第一分隊來處理。聽好，假如犯人之中真的有槙島……」

這時，宜野座想起局長的話，趕緊改口：「立刻將之逮捕，必須盡早將他與社會隔離……但是別殺了他，一旦發現就逮捕他。有必要好好偵訊一番，所以絕對要活捉他。」

『我們會努力的。』

「努力是當然的！重要的是結果！」

或許因為感到內疚，宜野座變得有些情緒化。征陸和六合塚詫異地睜大眼望向他，宜野座在心中要自己冷靜一點。

「……總之別殉職了。小心為上，絕對別疏忽。」

——和宜野座的通話結束。

「…………」

狡噛微皺眉頭，他總覺得宜野座的反應有些奇怪。

「怎麼了？」朱問。

「不……沒事。」狡噛隨口搪塞。

「要等宜野小哥他們來會合嗎？」縢問。

「別開玩笑了。」狡噛冷笑說。

縢也跟著露出凶暴的笑容說：「我就知道～」

「但是這棟大樓只靠我們三人搜索，未免太大……」

說完，朱抬頭看天花板。

「放心吧。」狡噛強勢地說：「我們有厲害的分析官幫忙。」

「情報與分析的女神站在我們這邊啊。」縢也跟著起鬨。

『哎，你們該不會是在說我吧？』

對話內容聽得一清二楚的唐之杜透過通信插嘴。

「或許吧。那件事處理得如何？」狡噛說，他是指「後門」的事。

『厚生省本部所有監視器，現在已經在公安局研究室的控制之下。』

「太強了！」縢打了個響指。

『敵人兵分二路，上面四人、下面四人。』

「槙島在哪？」

長年追尋的獵物——把狡噛變成真正獵犬的獵物。

『上面，他剛搭電梯抵達最上層。』

朱露出詫異的表情問：「最上層？不是去官員辦公樓層？」

『對，他直接朝向頂樓的天線區，也許想竊占頻道吧？』

「他的目標不是厚生省嗎……」朱看來一副無法接受的模樣。

狡噛也在行動裝置叫出九連大樓的平面圖。最上層除了通訊天線區以外，顯像發生器也設置在那裡。不管是哪一個，都難以令人相信具有引發大型暴動強占的價值——所以說，槙島應該是誘餌吧？為了讓他們把注意力朝向「上面」。

狡噛再度沉思——即便如此……

「往下的是哪些人？」

『這個嘛……他們搭電梯到地下四樓就失蹤了，或許是從維修閘門進入共同通道。』

「怎麼回事？」縢說：「真令人在意。」

「走吧，監視官，得追上槙島才行。」狡噛說。

敵人的真正目標八成是「地下」。但就算知道敵人的目標，狡噛鎖定的對象依然不變。不管敵人達成什麼目的，只要殺死槙島便了結。

敵方集團的中心是槙島，槙島背後沒有幕後黑手。只要「失去槙島」，敵人就會一事無成——狡噛抱著這種確信。

「但地下怎麼辦？」

「我去吧。」滕舉手說。

「可是這樣的話是一對四耶……」

「你們也是二對四啊。而且樓上有槙島，反而更危險。」

「……好吧！」

朱和狡噛朝電梯跑去。

「記得別太胡來啊！」狡噛對滕說。

「阿狡，你自己才是最沒資格說這種話的人吧！」

滕如此說，臉上似乎有種莫名的欣喜。

朱和狡噛來到電梯大廳，狡噛粗暴地拍打電梯的控制面板。

「分析官，這座電梯能用嗎？」

『被先下手為強！鎖住了，沒辦法使用，我從研究室這邊很難解除！』

「該死！」

狡噛「磅」的一聲用力踢了電梯門。

「樓梯能用吧？」朱問。

『敵方是在九十層樓耶！你們等等！』

從通訊的另一頭傳來操作控制台的細微聲響。

『……找到了！用於搬運多隆的業務用特殊電梯的控制權和大樓中央控制系統不同，現在仍在運作！』

「替我們引路吧。」狡噛說。

朱和狡噛的行動裝置以顯像顯示出立體結構圖。唐之杜傳送的資料直接重疊在上面，標示出一條箭頭標誌。

3

滕獨自前往地下。

他在維持高層大樓運作的機械群之間的通道慎重前進。

『在前面通道往右……監視器的影像追蹤到的部分只到這裡。』唐之杜說。她同時也在替狡噛他們引導，忙碌得很。

「可見有什麼機關吧。」

『關於這個……從平面圖看來那裡是死路，或許有陷阱，小心一點比較好。』

「是是。」

縢從通道轉角微微探出頭觀察狀況，他臉上浮現強烈的困惑神情。

「……這是什麼？」

通道盡頭的水泥牆被潑上溶解液類的物品，破了一個大洞。縢探出身體，觀察洞穴內部。原來看似水泥牆的部分其實是鐵捲門偽裝的，背後還藏有通道。

「老師，地下樓層不是只到四樓嗎？」

『照理說是如此……』

縢跨過洞穴，走入隱藏通道，不久發現一座往下的逃生梯。若從官方平面圖看來，九連大樓最底層是地下四樓，但縢從欄杆探出身體觀望，底下怎麼看都比平面圖所顯示的深得多。

縢不禁嘟囔：

「……真討厭，我明明不是熱血的人……千萬別衝動啊。」

朱和狡噛潛入九連大樓的維修清潔人員倉庫。這裡比起大樓正面或辦公區樸素許多，是大樓裡較隱蔽的場所，到處可見裸露在外的各式管線。

「確認監視器的紀錄，看是否設置了陷阱。」狡噛說。

『你太會使～喚～人～啦～』唐之杜發出抗議。

「槙島是會幹這種事的傢伙，有時間的話就確認一下。」

『我現在正在快速倒帶中。放心，影像應該沒被偽造……嗯，沒有。』

狡噛和朱搭進電梯，狡噛按下按鈕，電梯開始往最上層上升。

「這條路線沒設陷阱嗎……槙島想必也來得很匆忙吧。」

『雖然我想你應該不至於……你不會對厚生省大樓通訊塔使用電磁脈衝投擲彈吧？』

「我這麼做的話，事後會被宜野宰掉的。」

『那麼，敵人的頭盔要怎麼對付？和小朱在一起的話，沒辦法使用主宰者吧？』

「為了應付這個，我特地撿了一頂頭盔來。」狡噛拍拍手上的頭盔說。「戴上頭盔的人不會被偵測到犯罪指數。換句話說，只要常守監視官戴了這個，就不會被敵人複製心靈指數。」

狡嚙將頭盔拋給朱，朱把臉湊向頭盔，露出厭惡的表情。
「呃……這個很臭耶。」
「監視官，妳這句話只是要搞笑對吧？」
「……不，沒事。」
朱心不甘情不願地戴上頭盔，輕輕搖晃，確認感覺。
「話說回來……槙島的目的到底是什麼？」
「槙島只是誘餌而已，敵人的真正目標應該是地下，否則無法說明這種狀況下敵人兵分二路的理由。」
「不會吧……主犯竟然親自擔任誘餌……」
「聽說地下沒有監視器，還有個莫名其妙的設施？」
『對。我聯絡不上小秀，不知道發生了什麼事……』
「槙島他們恐怕已大致掌握那個設施的『真相』。」
「既然如此……為什麼我們要……」
「比起阻止槙島的目的，逮捕槙島更重要。至少對我或妳來說都是如此，不是嗎？」
朱默默抿起嘴唇，露出贊同的表情。

4

祕密階梯走到底是地下二十層，這裡似乎是真正的最底層。

滕走在類似通風管般狹窄又人工的通道裡。

「哎，老師，這裡怎麼看都很不妙耶，我開始想回去了。」滕誇張地嘆氣，行動裝置卻沒有回應。「……老師？」

這時，他又聽到主宰者的警告聲：

『訊號微弱．無法與系統連線。』

「喂喂喂……」

這時，前方轉角有人衝出來，是一名手持工程用釘槍的男子。他戴著頭盔，多半是楨島的部下。滕中了埋伏，以高壓氣體射出的釘子刺入他的右肩。但是——

「唔！」

滕即使受傷也不退縮。被釘子刺中的衝擊使主宰者掉落在地，但滕仍勇敢地往前衝。因為他知道，這種時刻退縮的話就輸定了。他用左掌撥開頭盔男的釘槍，使槍口偏移，受到衝擊後釘子又發射出去，打中毫不相干的地方。

縢緊貼敵人身體，防止對方用遠距離武器攻擊，同時將敵方推向牆壁，用染血的右手摘掉頭盔。男人的咽喉暴露出來，縢用左肘攻擊該處。

「喀哩」一聲，手肘最堅硬的部分破壞了頭盔男的喉結。

頭盔男發出沙啞的慘叫聲，抽搐幾下後再也不會動了。

「混蛋傢伙……」

縢確認傷口狀態，發現沒射中大血管，便直接把釘子拔掉，所幸不是重傷。他撿起掉在地上的主宰者收進槍套，順便撿起襲擊犯的釘槍。

屍體的行動裝置收到來電。縢邊留心周遭，邊從屍體手中拿起行動裝置，按下通話鈕。

『——你那邊怎樣？解決了嗎？』

不認識的男人聲音——是槙島嗎？不對，槙島在上面。

「很可惜，反被我解決了。」

『……哎呀。』

地下祕密區域深處，崔九聖坐在厚重的最終分隔牆前方操作筆電，身旁有用鐵管和高壓氣瓶組成的單發空氣槍。槙島等人使用的全是用工具改造而成的土製武器。像泉宮寺那種在多年前取得許可才得以保有的槍械姑且不論，現在這個社會想取得槍械的難度實在太高。槙島徹底活用人脈的話也許能取得，但是否能達到超乎風險的效果也很難說。

電腦以纜線連接分隔牆的開關控制面板，正在進行破解。崔九聖邊進行破解工作，邊用掛在耳朵上的通訊器和縢對話：

「哎呀呀，你真不賴。你是公安局的執行官吧？」

『……你是什麼人？』

崔九聖佩服地想，聲音聽起來很年輕呢，真在意是否為美少年，早知道就讓戴頭盔的部下裝設監視器了。

「要聊聊嗎？這整個地下區域是電波不通地帶。同樣在地下的我們之間能夠通訊，對外則完全被遮蔽，所以不必擔心對話內容洩漏。」

縢邊聽著通信內容邊警戒四周，防範這是為了害他大意的陷阱。

『主宰者在這裡沒辦法使用。就算有監視官進入這裡，你也不用擔心被射擊。不管說什麼、做什麼都不會被人懲罰。怎樣？打從出生以來頭一次獲得自由的感想如何？』

「還不錯。假如不是在這個狹窄地窖裡就更好了。」縢語帶諷刺地說。

『再過不久，我們連在外面的世界也能得到自由。只要破壞希貝兒先知系統，就能把這個瘋狂的世界從根本翻轉過來。』

「喂喂，你沒瘋吧？」

『我不是在開玩笑。現在的我，和希貝兒先知系統中樞只隔了一道牆。』

「……什麼？」

希貝兒先知系統的中樞——縢連想都沒想過這種東西。

狡嚙說得沒錯，槙島的目標原來是這麼一回事。

『我和你都是潛在犯。我只能像隻老鼠般偷偷摸摸地到處躲藏過活，你則是被繫上項圈，當隻可拋式的獵犬……告訴我你的真心話吧。看到從我們身上奪走一切、把我們當成蟲子的傢伙正在街頭互相殘殺的感覺如何？不覺得很令人神清氣爽嗎？』

「……啊啊，我完全同意。」縢揚起嘴角笑了。「老實說，我覺得心中舒暢許多。不管在什麼時候、什麼地方，我一直被當成會殺人的畜生。但現在，那群人更像是可笑的畜生。在一旁觀察，想像他們被夥伴的鮮血噴濺一身時的心情，就覺得很可笑。」

『既然如此——』

「別會錯意了，你這混蛋。」

滕的聲音充滿攻擊性。

「雖然希貝兒很爛，但你也好不到哪去。你以為你是誰？憑什麼把人玩弄於股掌間，隨心所欲地控制其生死？假如希貝兒是神，你自以為成了惡魔嗎？別說傻話，我和你都只是嫉妒別人幸福的廢物垃圾而已，少得意忘形！」

『…………』

「這個混蛋城市的市民死再多也不足惜，但是……讓他們自相殘殺的混蛋仍恬不知恥地活著的事實更教人不愉快。你們怎麼不先去死一死呢？看你們殺了幾個就反覆死個幾次吧。」

『……你自己不也殺了無數名潛在犯？執行官，那你自己又該反覆死幾次呢？』

「放心吧，死第一次就會下地獄了，閻羅王會告訴我答案的。」

『……我以為我們能成為朋友，真遺憾。』

「我的好友正在樓上和你的上司捉對廝殺，所以我當然不能做出對不起他的事。」

滕手裡拿著釘槍，慎重地在通道中前進。

「我現在立刻去殺你。如果在我解決你之前，你來得及破壞希貝兒的話，對我也算幫了大忙。因為對我來說，等於是兩件討厭的事物同時從世上消失。」

『我盡量，雖然最後這道門的防護很難纏。』

通話一結束，縢咂了聲嘴。

因為前方掩蔽處似乎有人躲藏——兩名頭盔男跳了出來。

槙島的手下早已帶著武器躲在那裡恭候多時。

5

電梯來到厚生省本部九連大樓最上層的下一層樓停住，業務用電梯只到八十九樓，接下來只能用逃生梯上樓。朱和狡噛一面警戒四周是否有埋伏一面衝向前，全速奔跑向上。唐之杜透過行動裝置傳送建議路線給兩人。

『槙島多半在最上層樓的最深處！在顯像發生裝置附近！那一帶沒有監視器，我沒辦法繼續輔助你們！』

「知道道這點就很夠了。」狡噛說。

兩人從逃生梯往上奔跑，但是轉角處已有兩名手持釘槍的頭盔罪犯擋住去路。狡噛立刻舉起主宰者。這附近除了罪犯和戴頭盔的朱以外沒有別人，照理說頭盔無法發揮作用。然而——

『犯罪指數・二四・非執行對象・扳機將鎖上。』

「咦？」

頭盔男發射釘槍。

「！」長長的釘子射中大腿，朱發出哀號倒下。

釘槍持續發射，釘子掠過狡噛的臉頰，噴出血來。狡噛繼續奔跑，並擲出無用武之地的主宰者。主宰者命中頭盔男的肩膀，受到特殊合金製的硬物攻擊，男人鬆開手，釘槍掉落。

狡噛沒放過這個機會，立刻揮出拳頭。目標的頭部有頭盔保護，所以拳頭瞄準的是身體。先是一拳，將肋骨打斷；又一拳，破壞肝臟；再一拳，直擊心窩——接連三次猛烈攻擊。若是一般人，恐怕早就倒地了，但對手依然奮勇還擊，這令狡噛略感訝異。他邊佩服地閃躲敵人的拳擊，邊心想既然是如此浩大的計畫，槙島看來也嚴選了手下。

但是——

狡噛在心中自言自語：

——戴頭盔就是你的致命傷。

由於戴著頭盔，敵人的視野明顯變窄。狡嚙大膽地壓低身體，迅速繞到男子側面抱住他，後仰摔出，用後橋背摔的方式將頭盔男砸在樓梯轉角處的地面，撞斷他的頸骨。確認對手死亡後，狡嚙跑向朱。

「監視官！」

「我沒事……」傷口的疼痛令朱呻吟，她脫下頭盔。「問題是，為什麼主宰者沒有用呢……？」

「……槙島在這附近，頭盔複製了他的心靈指數吧。不知是頭盔的通信範圍比我預測的更廣，還是槙島已經離我們很近……」

「結果頭盔白戴了……」說完，朱抽出皮帶束住大腿動脈，進行急救。隨便拔出釘子可能會造成大量出血，必須謹慎處理。「似乎沒很嚴重……等血止住了我會趕上，你先去吧。」

「但是妳……」

「別讓槙島逃了！這是命令！」

朱的話中透露出她的強烈意志。

這也難怪。如果在這裡讓槙島逃了，將會演變成最糟糕的情況。

狡嚙點頭，撿起地上的主宰者和釘槍，登上第九十層樓。

狡噛跑向最上層的天線設施，路上又有一名手持雷射線鋸的頭盔男從側面竄出來。雷射刀刃割傷狡噛的右肩和側腹，傷口瞬間碳化，沒有出血，但帶來劇痛；更麻煩的是，線鋸還切斷了收納於槍套中的電擊警棒。

「喝！」槙島的手下繼續進逼，狡噛邊閃躲邊以左手拔出掛在腰帶上的釘槍。

狡噛的前踢踢向頭盔男，一腳將他踹開，保持距離後單手舉起釘槍連發。

轉瞬間，頭盔男身上扎滿長釘，當中的幾根更徹底破壞了頭盔。

釘子射畢，釘槍發出喀嘰喀嘰的空發聲。

「…………」

狡噛肩膀上下起伏，他邊調整劇烈的呼吸，邊低頭望了屍體一眼後，將釘槍拋下。

疼痛，以及累積數年的憤怒。

——覺得自己快瘋了。

接著，狡噛又碰上另一個手持工程用鏈鋸的頭盔男，鏈鋸撕裂了狡噛左上臂和腹部的一小部分，傷害與疲勞不斷累積。狡噛心想，如果能用主宰者就輕鬆多了，他抱著一絲希望用主宰者對準頭盔男。

『犯罪指數・二四・非執行對象・扳機將鎖上。』

不出所料，主宰者不管用，只能徒手解決敵人。狡噛先予以痛擊，再用高踢粉碎頭盔，總算能用主宰者將之處刑。

「虧你還真能帶著那身傷來到這裡。」

背後傳來說話聲，狡噛轉頭望向聲音來源。

響亮的腳步聲接近。妖異俊美的男子踏著螺旋階梯，從顯像發生裝置的圓頂中下來。

狡噛的思考在凝固的時間中加速。男子在微笑，像宗教畫主題中的聖人般微笑。

「你就是狡噛慎也嗎？」

「……而你，則是槙島聖護。」

槙島看似沒有配戴頭盔或電子器械類物品。為求慎重起見，狡噛用主宰者對準槙島，但主宰者沒有反應。掃描明明沒有受到干擾，仍無法偵測出槙島的犯罪指數。

狡噛不得已，只能將主宰者收進槍套。

「嗯……」

槙島一面走下階梯一面說：

「『正義是議論的種子，而力量清晰明瞭，因此人沒能賦予正義力量。』（註5）。」

狡噛聽到這句話，立刻回道：

「……抱歉，『我很早就學會提防引用帕斯卡語錄的人了。』（註6）。」

「我就知道你會回這句。這是奧特嘉的名言吧？」槙島笑著說：「假如你引用帕斯卡，我也會回敬你這句。」

「你想說什麼？」狡噛問。

「我想說的事很多，問題在於那些話恐怕都無法傳達到你的心坎裡。」

「你自己也很清楚嘛，我會先幹掉你。」

「這句話實在不像出自刑警之口呢。」

「雖然上頭指示我要活捉你，但我沒打算遵從。反正你的背後沒有幕後黑手，管他事件真相或你的目的是什麼，等殺了你之後再來慢慢調查就好。」

「如果我真的想殺你，你早就不知道死過幾次了。這難道不能表達我的誠意？」

「看來你還是不明白我有多麼認真想殺你。」

說完，狡噛衝出，一拳揍向槙島。

但槙島格擋狡噛的拳頭，迅速還擊。

打擊聲響亮，狡噛踉蹌幾步。

狡噛想，雖然是敵人，不過這拳揮得真夠勁。緊握的拳頭以最小限度的動作揮出，槙島熟知人體的「要害」在哪裡。他們兩人是如此相似，不約而同「只為了以暴力使對方屈服」而學習落伍的格鬥技。

這就是「優越性」。文明愈發展，鍛鍊體魄的必要性愈少。事實上，在希貝兒先知系統運作下的社會，除了運動選手以外，幾乎沒有人學習格鬥技。但也因此，「有鍛鍊者」在特殊狀況下就能完全壓制「沒鍛鍊者」。學習沒人學習的事物，這就是確保優越性的捷徑。

槙島接連猛攻，狡噛拚命舉起手臂保護頭部。槙島的拳頭正確擊打在肝臟或心窩等人體的要害，狡噛露出痛苦的表情。

狡噛展開還擊，先是刺拳，接著是手刀，流暢地施展連續招式。

但是槙島立刻抓住狡噛的手和領子，以膝頂反擊。

「！」腹部受到強烈打擊，狡噛的身體被擊飛。

註5：出自帕斯卡的《思想錄》。
註6：出自奧特嘉的《群眾的反叛》。

繼續過招會很不妙，必須想辦法改變狀況——狡噛靈機一動，用雙手抓住槙島的手，往反方向彎折，由立姿使出關節技。

但槙島用蠻力擺脫狡噛，並使出大動作的招式——後旋踢。

他的後旋踢像是熟練的伐木工揮出的斧頭，氣勢恢宏，彷彿即便是巨木也能一擊砍斷。

狡噛頓時壓低身子，勉強閃過踢擊，並用下段後旋踢反制。

槙島的另一隻腳被掃中而倒下，狡噛立刻要騎到他身上。

「喝！」

槙島不慌不忙，從倒地狀態雙手貼地，使出類似倒立般的踢擊。狡噛沒料到他能從這種姿勢使出踢擊，著實地吃了一記。

「唔！」

槙島起身過程中再使出一踢，完全站穩後又賞了一踢。

每一次攻擊，都朝著狡噛的下腹部或胯下等要害而去。

腹部遭到猛烈攻擊的狡噛不支倒地。

槙島繼續追擊，騎乘在他身上，從上方對他揮拳。狡噛努力保護臉部，但密集攻擊中有一拳繞過防禦，在他臉上炸裂開來。

槙島邊毆打邊開口：

「你不想知道希貝兒先知系統的真相嗎？」

狡噛邊防守邊回應：

「就算想知道，也是殺了你之後再來調查就好！」

狡噛擒住槙島揮過來的拳頭，同時改變姿勢，從下方使出三角鎖。狡噛以雙腳扣住槙島的脖子，但槙島穿的不是柔道服，腳與脖子間的縫隙過大，無法完全鎖住他的頸動脈。槙島的手指鑽過縫隙，使勁擺脫狡噛的腳。

狡噛判斷用這招沒辦法解決槙島，立刻改變腳的位置，身體轉個半圈，由下方繞到槙島側面，接著將槙島的身體翻倒過來，使出腕十字固定。

槙島露出「糟了」的表情。

狡噛毫不猶豫地想折斷槙島的手。

「啊！」

與其瘦弱的外表相反，槙島藏在衣服底下的身體意外結實。他把狡噛整個人抬起來，砸在身邊的柱子上，強硬地解除腕十字固定。

一下子就站起來的槙島，以踢足球般的方式狠狠踹了狡噛的頭。

「！」狡噛一瞬間頭破血流。

不過槙島也不是毫髮無傷，他的右手劇痛，用左手保護著。

「…………」狡噛無法站起來，足球踢帶給他的傷害太大了。

「難得能讓我忘記無聊。雖然覺得就此結束有點可惜……」

槙島終於取出大型剃刀拿在左手上。

「看來不殺你也不行了。」

剃刀發出寒光，槙島低頭看著瀕臨昏厥的狡噛。

這時——

「啊啊啊啊！」

朱大叫著高舉頭盔朝槙島衝過來。

朱的大腿束著皮帶，用野外求生工具組中的繃帶止血。她強忍痛楚，全速奔跑，就算是槙島面對她的突擊也來不及反應過來。

槙島在和狡噛的戰鬥中傷到右手，對朱而言也是件幸運的事。

「！」

朱用頭盔朝槙島的側頭部猛然敲下，頭蓋骨發出類似打擊樂器的聲音。

槙島昏了過去，緩緩地癱倒。

「狡嚙先生！」

朱先去確認狡嚙的生死。

「常守……殺了他……」

狡嚙還活著，而且仍對宿敵抱著濃濃殺意。

朱再次轉頭面對槙島，高舉頭盔。槙島現在毫無防備，只要用堅硬的頭盔攻擊幾下就能殺死他。

朱想起雪在眼前被殺的情景，雙眸泛起淚光。

她想起和雪在咖啡廳談天說笑的日常時光，眼淚再也止不住，鼻頭一酸，高舉著頭盔像個孩子般嚎啕大哭。

朱想起槙島策謀的無數犯罪行為，許多人死在他的計畫中。這些被害人原本都有各自的未來要走，死亡斬斷了他們的一切可能性，而幫助槙島的那些犯人們也一樣死了。

「——嗚！嗚——嗚嗚——」

朱咬緊牙關，想將藏在心底的殺意硬擠出來。

在經過一段對她而言彷彿無限漫長的時間後——

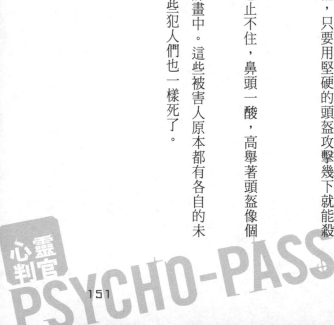

朱最後還是拋下了頭盔，拿出手銬。

「……槙島聖護……你被……逮捕了……」

6

九連大樓地下樓層的祕密區域，縢又殺了槙島兩名部下，一步步深入。這裡是迷宮嗎？不，縢搖頭否定，這裡不像迷宮，更接近在生物內臟裡探索的感覺。縢不斷在彎彎曲曲、宛如腸道的通道上前進。

剛才碰上的對手很頑強。主宰者絲毫派不上用場，電擊警棒斷了，縢也渾身是血。釘槍、鏈鋸、震動式小刀——各式各樣的武器在他身上留下傷痕，他沒時間止血。

「啊～該死……」

他發現一道門，控制面板與一台筆電連接著。

縢想起剛才的通話。

『我不是在開玩笑。現在的我，和希貝兒先知系統中樞只隔了一道牆。』

「…………」

縢搖搖晃晃地拖著受傷的腳走進門內，裡頭有一名手持自製槍枝的義眼男愣愣地站著。縢同樣受到震驚而說不出話來。

「……這到底是什麼啊……」

「這就是……希貝兒先知系統的真面目。」義眼男子打從心底愉快地笑了出來，「根本用不著將之破壞……只要把真相公開，這個國家就完蛋了！這次會掀起真正的暴動，沒有人阻止得了！」

這時，縢感覺到有人接近。

一回頭，見到公安局的禾生局長握著主宰者站在後方。

『目標的威脅判定已更新・執行模式・致命・實彈槍・請慎重瞄準，處決目標。』

槍立刻變形。察覺到槍的驅動聲的義眼男迅速轉身，同時舉槍瞄準。

雙方同時發射。受到實彈槍直擊，義眼男的身體立刻爆裂，當場死亡。但禾生也中彈了，改造槍枝射出的膠囊命中她的腹部。膠囊裡裝的是濃硫酸，瞬間溶解禾生腰部以下部位。

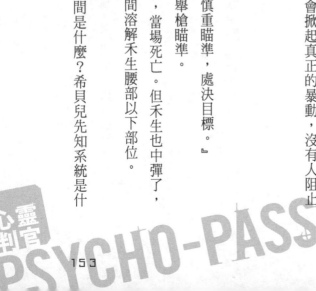

「局……局長？」

縢打從心底感到困惑。值得他驚訝的事物太多了。這個空間是什麼？希貝兒先知系統是什

麼？為什麼禾生局長會在這裡？而且，而且──

明明被潑了濃硫酸，禾生卻又站起來。身體表面被溶解，暴露出內部的機械裝置。

「……妳……」

──不是人類嗎？抑或動過全身機械化手術？

身體半毀的禾生眼神呆滯，以人偶般生硬的動作將主宰者對準滕。

『刑事課登記執行官．執行模式．非致命．麻醉槍．請冷靜……瞄……準……』

原本是實彈槍模式的主宰者在測量滕的犯罪指數後，恢復為麻醉槍模式。

然而……

主宰者再度變形。

沒有任何宣告，主宰者突然變換成分解槍模式。

看著對準自己的分解槍，滕只能發出乾笑。

「……真受不了啊，混蛋。」

禾生的分解槍發射出去。

知道自己即將死亡是一種很奇妙的心情，恰似墜落的感覺。恐懼、不安，與一絲絲的解放感——紛亂的情感交雜摻揉，思考無法凝聚。在這最後時刻，縢想到的仍是第一分隊的夥伴。剛認識朱時的反感，在不知不覺間已轉換成信賴。她的率真感動了他。縢很慶幸能遇見他們，使他度過短暫卻充實的日子。狡噛、宜野座、六合塚、唐之杜——唯一感到惋惜的是無法將自己見到的這一切傳達給他們。

——阿狡，抱歉啦。我去另一個世界之後，會去找尋那個叫佐佐山的傢伙，對他說你要我代為問好。

縢屍骨無存地被消滅得一乾二淨。

第十七章　鐵石肚腸

1

市區狀況宛如城市本身遭人開腸剖肚一般慘烈，都內主要鬧區幾乎都受到市民暴動所波及。商店被砸，路上到處有斑斑血跡與頭盔殘骸。為了維護治安，國防省的重裝甲多隆被派往各地巡邏。那是國境防衛系統的陸軍用多隆，有四隻腳，腳上有輪子，全長約六公尺。機體後方搭載了防禦用電子戰干擾箔片、熱源誘標、反雷射煙霧發射器等，武器則有多功能榴彈發射器和磁軌砲，部分機種還搭載了軍用主宰者。

重裝甲多隆的魄力懾人，其壯盛軍容為整座城市帶來沉重的壓迫感。路上行人均面露憂鬱，惶惶不安。除了重裝甲多隆以外，尚有大量清潔多隆與公安用多隆在執行任務，後者主要負責處理善後。宜野座、征陸、六合塚三人在街頭管理多隆群傳送來的各式情報。

「槙島被逮捕……頭盔罪犯也全軍覆沒。」征陸自言自語般說道。

「事件到此告一段落……真的就這樣結束了嗎？」六合塚語帶懷疑。但是她的語氣聽來，似乎不期待有人回答她。

宜野座滿臉苦澀地說：

「……滕失蹤了。」

「第二分隊也有一名執行官趁亂脫逃。」六合塚說。

征陸眼神銳利地說：

「……滕真的是開溜了嗎？」

厚生省本部九連大樓也傳出死傷。為了治療傷患，消防局派出好幾輛一般救護車與超級救護車，其中一輛充當公安局刑警專用的救護車。朱和狡嚙目前正在稱為小型行動醫院也不為過的超級救護車的全自動醫療室裡接受治療。朱受的傷只要經過消毒，用微型手術機器人縫合血管與傷口就沒事。但狡嚙的傷可就沒那麼簡單，由於大半是雷射工具所留下的，皮肉大範圍地受到灼傷與碳化，必須切除這些狀況嚴重的患部，再以治療用生體組織修補才行。這項手術很花時間。

率先治療完畢的朱打開行動裝置，確認宜野座等人傳來的情報。

「光死亡人數就達兩千人……傷者則是有數倍之多。若論心靈危害對市民造成的心靈衝擊，更高達數萬人規模……」朱不禁嘆了口氣，表情陰沉憂鬱。「雖然最終逮捕了槙島聖護……可是，我們真的稱得上是獲勝嗎？」

「刑警的工作基本上是對症治療。」狡噛身邊有許多醫療多隆和微型手術機器人忙碌著。「只能在出現被害人後才開始搜查。若就這層意義而言，我們打從一開始就是輸家。」

朱心想，狡噛的話正確歸正確，有時實在過於沉重。

狡噛繼續說：

「這原本是一場必敗無疑的競賽，我們至少勉強打成平手。我們該滿足於這個成果。」

「到頭來，希貝兒先知系統的安全神話究竟是什麼？」

「安全、完美的社會終究只是種幻想，我們所生活的仍舊是個『風險社會』。」

「什麼意思……？」

「很久以前……在德國這個國家仍舊健全的時代，有個叫烏爾利希・貝克的社會學家。這是他提倡的觀念，意指一種仰賴『方便但危險事物』的社會。政府逼我們背負風險……但是，由於風險巧妙地分散、分配給眾人，所以沒人感覺到這件事。不，這麼說不正確，不是感覺不到，而是即使感覺到也佯裝不知情。我們所有人或許都對危機視若無睹。正因為危機明確存在，不裝作不存在反而無法維持心靈平穩。」
「……包括我在內，這座城市的市民們真的有這麼機靈嗎？」
「我其實不怎麼喜歡把各種人混為一談，但現在姑且先這麼做吧。我認為人類是很機靈的生物，會下意識地努力閃避自己的責任。」
「…………」
「抱歉，這番話太多餘了，我的心情似乎有點浮躁。」
「……咦？」
「今後該如何審判槙島聖護才是大問題。既然無法憑心靈指數對他做出判決，只能靠偵訊引出證詞，證明他罪證確鑿。這是比用主宰者射殺潛在犯更難得多，也更麻煩得多的工作。」
狡嚙的眼神因執著而銳利。「但我們不做也不行。因為他犯了罪，這是明確的事實。」
狡嚙的氣勢讓朱不禁感到不安。
「……狡嚙先生，你認為應該當場殺了槙島嗎？」
「是我的話，會毫不猶豫地殺了他，但是……所以我才需要飼主在項圈繫上鎖鏈。妳的判斷沒有錯。」
「……謝謝。」

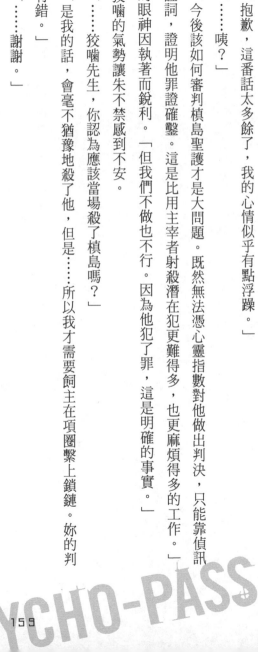

「用不著道謝。」

這時，狡噛不像他作風地憂鬱嘆氣。

「……令人擔憂的事，現在只剩去向不明的縢。那個笨蛋……兵分二路後去了地下……怎麼會在那裡失去聯絡？」

2

原為公安局刑事課第二分隊執行官的神月凌吾，趁著暴動的混亂逃亡了。

頭盔犯罪者大量出沒，以及心靈危害造成集團犯罪指數上升。這座城市的維安系統、市民監視機構可說正處於半癱瘓狀態。想逃離公安局的話，此時不逃更待何時——

神月年紀尚輕，生得一張娃娃臉，卻是個老鳥執行官。雖不像第一分隊的縢那麼早，但也是在少年時期就被指定為潛在犯、送進隔離設施，後又被選拔為執行官。他當執行官已接近十年，如今為什麼要逃？最直截了當的理由是「太久了」。

就算執行官所處的環境跟隔離設施相比簡直像天國，終究仍是一場空。潛在犯沒被禁止談戀愛，結婚卻受到嚴格限制，大部分情況下不可能成功，尤其執行官更是如此。枯燥無趣的戀愛、枯燥無趣的人生，這樣的日子太空虛了。

對執行官而言，最無意義、最磨耗神經的行為是——愛上監視官。

要逃的話，最佳藏身處當然是廢棄區域。神月在骯髒的暗巷裡奔跑，疲憊的面容沾滿汗水，他停下來稍微喘息。唉，接下來該怎麼辦？執行官用的行動裝置已經用頭盔罪犯攜帶的雷射線鋸破壞了，主宰者當然也已拋棄。剩下的……

「該死……」

剩下的只有永無止盡的逃命。該躲在哪裡？一旦希貝兒先知系統的監視系統恢復，躲在一般市區內立刻會被發現。但是，難道要下半輩子都在廢棄區域裡度過？這樣一來，沒有後援者生活會很困難。廢棄區域有廢棄區域自己的社群，廢棄區域的居民也不是沒有戶籍，無法避免定期檢查。

這時，一道腳步聲悄然接近。

神月驚訝地顫動一下。

腳步聲會顯現出一個人的職業與個性。規律端正的腳步聲，顯示出慎重認真的性格；盡量不對腳造成負擔的走路方式，表示運動神經非常優秀。這道腳步聲長期在神月身邊響著，神月不可能錯認。

原本想逃，但他走到一半便放棄。既然是她出馬，肯定已經張起包圍網了吧。

「……呼。」

「你應該知道公安局不會逮捕逃跑的執行官吧？」

「嗯……」

第二分隊的女性監視官——青柳璃彩站在離神月四公尺遠的地方。前傾式鮑伯頭、細長的眼，平時向來冷酷的她，現在露出彷彿失去了飼養多年的愛犬的表情。

她和神月相處的時間很久，與其說是上司和部下，更像並肩作戰的夥伴。

青柳以主宰者對準他。

「……你真的以為你逃得掉嗎？難道沒想過希貝兒先知系統的功能癱瘓很快會修復？」

「……我自己也不明白為什麼。」神月想到許多理由，卻故意不說出口。「或許我誤會這是個好機會吧。」

「你沒有機會的。」

——我當然明白啊，青柳小姐。

「能和妳搭檔，坦白講也不算不愉快……」神月冷冷地笑了。「過去的日子還挺充實的。但是，那只是籠子裡的充實。」

「我也是，覺得很愉快……對不起。」

「這種時候別道歉比較好。」

青柳扣下主宰者的扳機。

神月想，能被她殺死的話，這場人生倒也不算太糟吧。

神月體內的血液沸騰，上半身從內側爆裂開來。

3

位於新宿區的市民體育館擁有整套能提供「藉由活動身體來照顧心靈」的最新設備。運動或訓練能減輕壓力，這自上個世紀起就是常識，但要如何「愉快地」持續下去則成了問題。顯像技術對於讓人長時間不厭其煩地運動有不少幫助，諸如顯像跑步機、以顯像人物引導的肌肉訓練機、由顯像人物擔任對手的對戰模擬機……但是如此先進的體育館，現在卻被大量病床和醫療多隆占滿，搖身變成野戰醫院。

受到暴動牽連的市民們在這裡注射、服用藥劑，或接受緊急心靈諮詢。市民們受到心靈危害，色相變得混濁。宜野座、征陸、六合塚三人為防萬一，隨身攜帶主宰者，確認所有人的犯罪指數。很不幸的，已經有幾個人超過規定值。想逃跑的人會遭麻醉槍射擊，未企圖逃亡或抵抗的人則先以手銬銬住。第二分隊、第三分隊現在也在東京都內其他地方忙著類似的工作。

「簡直像瘟疫的善後處理。」

超過規定值的人們被送進戒護車，移送到隔離設施。告一段落後，征陸如此嘟囔。

「……心靈危害是精神上的瘟疫。」宜野座環顧遍及整座操場的病床列，「一旦擴散開來，就是這種慘況。」

「大規模心靈照護、客滿的收容設施、因都市機能癱瘓所造成的經濟損失……」六合塚也跟著開口：「槙島真是個無法小看的男人。」

「要將他當成過去式還太早。」征陸說：「還不知道他會被判什麼刑。審判制度佚失已久，這個年代既沒律師也沒檢察官，該怎麼用證據起訴、審判這名無法測量心靈指數之人的罪，恐怕是個難題。」

征陸輕拍宜野座的背，「靠你了，監視官。」

宜野座不愉快地皺起眉答道：
「給點尊重吧，執行官。」
「……是是。」
這時，宜野座的行動裝置收到電子郵件，立刻打開確認。
「……局長找我。」

公安局，局長辦公室。
禾生從窗戶俯視街景，手裡耍弄著沒打算使用的主宰者。
監視官宜野座穿過生體認證的門，進入辦公室內。禾生將主宰者置於桌上，使之像輪盤般轉起圈來。
「局長，您說有重要的事情是……？」宜野座語氣恭敬地問。
「首先我得稱讚你一番，你這次做得很好。」禾生說：「不僅活捉槙島，也阻止事態擴大，完全達成我的期望。」
「……我只是盡我所能全力去做罷了。」
「努力得到報償，這是好事。非常好的事。」

「……所以說，您叫我來這裡的用意是？」

「關於槙島與他所造成的事件之偵訊，將由厚生省大臣親自編成的特別小組進行。公安局失去搜查權了。」

「……什麼？」宜野座一時之間無法理解這句話是什麼意思。

「因為情況極為特殊。進行偵訊時，必須有醫療小組陪同在場。此外，情報的機密性也是個問題。」

就連宜野座也不禁緊張起來。

「槙島與過去好幾起案件有密切關聯，為了釐清他與案情的關係，我認為必須由公安局進行偵訊！」

「你所謂的過去案件，是否還有未解決的懸案？」

「……沒有。可是……」

「槙島總有一天會被當成研究用樣本處理掉。這個案件已經結束了。」

轉動的主宰者停下來，槍口湊巧指著宜野座。

「比起已經逮捕的人，你們第一分隊不是有更嚴重的問題要處理嗎？一名執行官逃亡，目前仍行蹤不明。」

但是禾生很清楚——滕不在這個世上，早已被她消滅了。即便已死仍能發揮作用，這才是好棋子。

「目前尚未確認他是否逃亡……」

「希貝兒先知系統已經恢復運作。滕執行官沒落入監視網中，表示他刻意避開監視器移動。不趕緊解決這個問題的話，恐怕你得為了這個問題負起全責。」

「這……」

只要稍加威脅，宜野座就會退縮，他父親的事或許對他造成深刻的影響吧。由於父親成為潛在犯而使生活劇烈變化的過往，成了心靈創傷；好朋友被降格為執行官的事，或許也有嚴重影響——不管如何，對禾生而言，宜野座是個很好控制的對象。

第一分隊的全體成員在公安局刑事課大辦公室集合。這幾天都忙著進行暴動的善後處理，大辦公室的氣氛多少令人懷念。但即使好不容易回到「巢穴」仍沒有餘裕放鬆，因為宜野座向其他成員轉達了禾生局長的命令。狡噛憤怒大吼：「別開玩笑了！」他在這個大辦公室裡失去冷靜是很少見的事。

「給個能讓人接受的說明吧！」

「區區一名執行官憑什麼命令我！」宜野座也反唇相向。

「我沒在跟你討論階級！明明是我們逮捕的，卻連偵訊也不被允許，太奇怪了吧！」

「不是我決定的！有意見的話……」

宜野座講到這裡，突然為之語塞。

「『有意見的話，直接去向局長抗議』嗎？」狡噛臉上浮現冷笑。「你明明知道我們這些執行官見不到局長。更何況，假設我真的去找她，傷腦筋的人也是你，監視官。」

「…………」宜野座難受地低下頭。

見到他困窘的模樣，狡噛稍微恢復平時的冷靜問：

「……喂，事情真的沒有轉圜的餘地嗎？」

宜野座懊悔地輕咬下唇說：

「……抱歉。」

狡噛轉身離開大辦公室，朱一臉茫然地喃喃說道：

「……今後該怎麼辦？」

「我們無能為力了吧。」六合塚答。

「……總之，我們接下來將全力搜索縢的行蹤。」宜野座喪氣地說：「如果那傢伙捅出婁子，就另一層意義來說，說不定會害死公安局……」

4

——這裡是哪裡？

槙島發現自己躺在病床上。只知道這裡似乎是醫務室，除此之外毫無頭緒。槙島緩緩撐起上半身，他身邊有個熟齡女子坐在椅子上看書，閱讀的是薩德侯爵的《茱麗葉，或喻邪惡的喜樂》。槙島認得這張臉，她是公安局的禾生。為什麼地位如此高的政府官員會特地來見他？但這不重要，之後再來思考即可。

槙島身上穿著病患的住院服，沒被束縛。他幾乎是反射性地找尋能做為武器的東西。手腳活動自如，沒被注射鎮靜劑或肌肉鬆弛劑，但也許身體被裝了發信器吧？

槙島想起昏厥前最後一瞬間的事。他在和狡噛慎也的愉快鬥毆中獲勝，正想好好享受他苦悶的表情時被人妨礙了。雖是遭到偷襲，但被人毆打而昏厥仍舊很丟臉。既然自己失手了，崔九聖恐怕是死了吧，他的能力再怎麼好也不可能獨力躲避公安局的全面追殺。崔九聖的犯罪指數很高，應該會遭實彈槍射殺，真是可惜了一位人才。

——假如崔九聖在，就能請他掃描自己身上是否有被動過手腳。

「這裡是哪裡？」

槙島問。目前掌握的情報量太少，無從推測。

「好久不見，聖護老弟，你別來無恙真是太好了。」

禾生微笑說，語氣像在緬懷過去。

奇妙的是，槙島自己也感覺到「懷念」。

明明他與禾生是第一次見面。

槙島對自己的記憶力有絕對的自信。腦袋能透過後天的努力加以鍛鍊，槙島常看書、常鍛鍊身體，最終都是為了「腦」。腦的功能可透過學習獲得強化，這叫做突觸可塑性。腦科學仍未成熟時，人們認為腦的成長在青年時期就停止了，但實際上即使步入成年，人類仍會生長新的神經。要說鍛鍊腦袋是槙島的「興趣」也不為過。

槙島的腦告訴他，他在人生中任何一個時刻都不曾和禾生碰過面，但她的語氣卻令他有種熟悉的感覺。這種情況要能成立，恐怕是自己在記憶仍不清晰的幼年時期與她見過面……

「妳是公安局局長禾生女士吧？我們應該沒見過面……？」

「你沒認出我並不奇怪，我這三年來變化太大了。」禾生說。

她的語氣……三年這個數字……她手裡拿的書……

原來如此，槙島總算明白了。

——看來在襲擊厚生省失敗時所受到的衝擊還沒恢復過來，花了一點時間才察覺事實。如果是平時的自己，看到她正在讀的書的瞬間，某種程度就該推測得出來。

「有件事必須向你道歉。」說完，禾生將手中的《茱麗葉，或喻邪惡的喜樂》遞給槙島。「我以前向你借了這本書，可是後來發生許多事，書遺失了。這個年頭紙本書很珍貴，我費了一些力氣才找到相同的書。這是我透過拍賣取得的，價值不菲。」

槙島收下這本書說：

「好厲害，一樣是現代思潮社的初版書耶。」

「真驚人……你是……藤間幸三郎嗎？」

槙島爽朗地露齒笑了。

「好懷念以前啊。」禾生——不，藤間說。「在櫻霜學園時，你幫了我不少忙。」

「不客氣，我也覺得很愉快。聽說你落入公安局手中時，我打從心底感到惋惜，卻沒找到任何拘役或處刑的紀錄，正感到奇怪……」

槙島觀察禾生＝藤間的容貌。

「你的臉是整形……不，不對，體格也完全換了個人。難道全身都是人工的？」

「全身機械化，你的朋友泉宮寺豐久不也是如此嗎？只是像我這麼完美的義肢技術，尚未在民間公開。你應該完全無法分辨這副身體和活人的差別吧？」

藤間把手指插入眼窩和眼球的縫隙中，讓眼球轉半圈。

他似乎一點也不覺得難受。

「你認識的藤間幸三郎，現在只剩一顆腦袋。」

「震撼社會的連續獵奇殺人犯居然成了公安局的頂頭上司？簡直像在開玩笑。」

「嚴格說來並非如此。禾生壞宗不是專屬於我一個人，我也並非一直都是禾生壞宗。我們的腦模組化了，能輕易更換，隨時輪替使用這副身體，算是一種日常業務的喘息時間吧。」

腦的模組化？

——輪替使用這副身體？

「你說『我們』？除了你以外，還有許多和現在的你相同的存在嗎？」

「是的，我只是個代表。因為和你認識，所以才派我來這裡。我所屬的群體算是小有名氣，相信你也曾聽過。」

「……原來如此。」槙島總算完全明白了。

禾生＝藤間露出自信的笑容說：

「社會上把我們稱作『希貝兒先知系統』。」

5

對於槙島，現在是一籌莫展，第一分隊只能專心追查滕的去向。

朱和狡噛去調查厚生省本部九連大樓，來到滕失去聯絡的場所——唐之杜能夠輔助的最後地點。但那裡是條死路，不管怎麼看、怎麼調查，都只是一面厚實的水泥牆。

「滕是怎麼從這裡消失的？」狡噛敲敲牆壁。

「在這裡消失後，他再也沒被監視器拍到……」來到這裡後，朱的眉頭一直不安地糾結在一起。「說不定是被槙島的部下……」

「就算如此，也應該會留下屍體。更何況不只滕，唐之杜在監視器裡確認過，前往地下的傢伙全都消失了，無一例外。」

「所以說，究竟是發生什麼事……」

「滕那傢伙不管多麼慌張也不會逃跑，他是能計算自己活命勝算的人。突然消失不見，一定不是出自他的意志。」

「也許是被綁架或擄走嗎……？」

「再不然就是被以不會留下屍體的方式殺死。」說到這裡，狡噛的表情變得苦澀。

「不會留下屍體？」

「譬如說……主宰者的分解槍模式。」

狡噛一面說一面思考。不管是綁架也好，殺害也罷——總之這些人在厚生省消失了。抹消執行官和犯罪者的，一定是政府方面的人。厚生省能動用的最強武力是公安局，所以，有人派出第一分隊以外的刑警嗎？但是，又為了什麼？

朱的臉上罩著一層陰霾。

「……就算只是假設，我還是不想思考阿滕死掉的可能性……」

「……我也一樣。」

兩人的行動裝置收到通信，是來自宜野座的聯絡。

「我是常守。」

『剛剛接獲市民通報，發現故障的主宰者被拋棄在路上。』

宜野座、征陸、六合塚已經先到廢棄區域回收滕的主宰者並進行分析。最終登錄的使用者果然還是滕。

「從九連大樓到這裡有二十公里遠……」

宜野座在行動裝置上確認地圖，自言自語地說道。

「……就算因負荷過高，使得街頭掃描器有七成失去效用，可是，真的有可能一次也沒被監視器拍到嗎？」

「主宰者確認是滕的物品。」

六合塚報告多隆分析的結果。

「損傷非常嚴重，內藏ＧＰＳ也失去功用。」

「……是他自己破壞的嗎？為了逃避追緝？」宜野座問。

「或者是某種偽裝，為了讓人以為如此。」征陸說。

「……你想說什麼？」宜野座神情困惑，心想難道還有更糟的狀況？

「滕雖是個渾小子，卻不是傻瓜，更不是不要命了。換成是我，就算要逃跑也不會把主宰者丟在這裡。」征陸抱著頭說。狀況似乎愈來愈棘手，已經演變成不是把罪犯處理掉便能了結的那種事件。「這肯定是某種偽裝，怎麼想都很奇怪啊。」

6

醫務室裡，槙島和禾生＝藤間仍在對話。

「這次的事件是你們為了揭穿希貝兒先知系統的真相，才會襲擊九連大樓吧？你的判斷果然還是一樣精準，你的夥伴實際上已經觸及真相了。」

藤間從口袋裡取出崔九聖的義眼，將它和自己的行動裝置連接，用顯像方式播放出崔九聖見到的景象。

『……這到底是什麼啊……』

說這句話的人是公安局的執行官。

『這就是……希貝兒先知系統的真面目。』

這是崔九聖的聲音。

接著，崔九聖所見的情景顯現在槙島眼前。

希貝兒先知系統中樞——擺放在煞風景的純白空間裡大量的「腦」。像是某種機械設備，那些腦收納在小型半透明的生體維持箱裡。一個個包裝起來的腦，宛如矩陣基板的電子零件般依序配置著。

禾生＝藤間說：

「希貝兒先知系統表面上號稱採用所謂的ＰＤＰ模式，換句話說，是由大量超級電腦進行平行分散處理。這雖不是謊言，和實際情況卻有段不小的差距。」

影片中，除了腦以外，另有禾生以外的各種長相的全身機械化義體。

幾十具頭顱開啟、顱內空洞的機械義體被擺放在此，類似等待登場的腹語術人偶，軟弱無力地躺在專用充電器上。

「活用知識庫和推論功能之所以能實現，並非電腦的演算速度變快了，而是我們將原本就能辦得到這些事的系統平行串連起來，以機械方式使之擴張，給予龐大的資料處理能力。」

影片中，機械臂將包裝起來的腦設置在某具義體的顱腔內。義體立刻像是被賦予生命一般，某位知名政治家動了起來。

「其實自五十年前起，這種統合人腦活動，並擴張、加速其思考能力的系統早已實用化。

正因小心翼翼地隱密運用這項技術，我國才能做為目前地球上唯一的法治國家維持下來。」

『根本用不著將之破壞……只要把真相公開，這個國家就完蛋了！這次會掀起真正的暴動，沒有人阻止得了！』

「目前，構成系統的人數為兩百四十七名，當中約有兩百名依序輪值，隨時監視、判定這個國家所有人的心靈指數。」

影片中，噪音響起、視角劇烈震動，下一瞬間，鏡頭——義眼——掉落在極低的位置。崔九聖的肉體遭實彈槍破壞，人工物的義眼從半空中落下。

義眼繼續從地面拍攝映入視野的景象。畫面角落有崔九聖的下半身，和即使半毀仍繼續行動的禾生。

「犯罪指數——心靈指數之測定。構成基幹的是藉由連接大腦群而提高到極限的『本能』。相信你也很清楚，人類的腦不單只是個『資訊處理』系統，亦是一種性能優異的『雷達』。人類的腦隨時接收來自視覺或聽覺的大量資訊，並從中率先找出『對自己可能造成危害的事物』加以關注。這種就算是人類小孩也能辦到的事，要讓電腦學會卻異常困難……」

影片中，禾生發射了分解槍。雖因為鏡頭的方向問題沒有拍到，不過，剛才那名執行官恐怕已被射殺了吧。禾生撿起義眼，影片到此結束。

「……真是不錯的笑話。今日社會不正因為號稱是不受限於人類的自私、由機械所營運的公平社會，所以民眾才接受了希貝兒先知系統嗎？」槙島傻眼地說。「結果實際上卻是人腦的集合體？過去希貝兒先知系統所實行的社會統治，全都是你們恣意妄為的結果？」

「不，我們非常公平。審判、監督民眾的我們，已是超越人類的存在。」

禾生＝藤間繼續說：

「成為希貝兒先知系統的構成人員的第一資格，是擁有不受既有人類規範影響的超常人格。不輕易與他人產生共鳴，不受情感影響，能由外側俯瞰人類的行動並加以裁決。系統需要的是這種才能。像我自己——藤間幸三郎便是如此，而槙島聖護，你也是如此。」

「……喔？」

「我和你一樣，都是無法用心靈指數分析出犯罪指數的特殊人物，但也因此，在和你相遇前我一直感到孤獨。像我們這種即使由希貝兒先知系統整體來判斷也無法估量的人格，被稱為『免罪體質者』。我們擁有和平凡市民明顯不同的嶄新思想與價值觀。因此，做為一種知性的集合體，系統為了擴展自身的思考幅度與獲得全新的可能性，只要一發現這種寶貴人才，立刻想將之招募進成員裡。」

「原來如此……落入公安局手中的你沒被處刑、離奇消失的理由……」

「是的，我成為希貝兒先知系統的一員了。雖然我一開始感到困惑，但是很快就理解其偉大。和其他腦共有意識的感受，以及理解力、判斷力的擴張所帶來的全能感，真的讓人覺得自己彷彿成為神話中登場的預言者。知悉一切事物，彷彿全世界都在自己的支配之下。一個人的肉體所能獲得的快樂有其限度，但是知性所帶來的快樂卻是無限的。聖護老弟，你應該能理解我的說法吧？」

「…………」

槙島一語不發，表情木然，謹慎地聽著禾生＝藤間的話。

「我和你長期受到這個充滿矛盾的社會所孤立與迫害，但我們沒必要再悲嘆，應該以這個命中註定要降臨在身上的崇高使命為榮。你現在總算能獲得應有的地位。」

「所以說……你希望我也成為希貝兒先知系統的一員？」

「你的知性、深遠的洞察力，一定能為希貝兒先知系統帶來更進一步的進化。雖然就算你拒絕，我們也可以採用施打藥劑、實行洗腦手術等強制的手段來讓你加入……但你自己也說過，只有基於意志的行動才顯得出價值。我判斷你一定能理解並同意我的說明。我們希望能以完全無損於你的知性與精神活動的方式，迎接你做為同胞。」

「要我當個機械零件嗎？多麼可怕的邀請。」

說完，槙島做作地聳肩微笑。

禾生＝藤間輕輕點頭說：

「放心，這項要求不會損害你的個體自主性。就如現在，我也仍保有藤間幸三郎的自我。像這樣定期被放入義體中單獨行動，就是為了不讓我們失去自我的措施。除了公安局局長，政府各個重要機關裡的高級官僚，也有不少是我們當作終端機使用的義體。」

「唉……原來不只厚生省，連行政本身都成了希貝兒的傀儡嗎？」

「你只要點頭同意即可。在前往厚生省的路上，只需靠這裡的設備便能完成外科手術。雖然表面上『槙島聖護』這個人會隨著肉體一起消失，但你將在無人知曉的情況下，成為統治世界的支配者之一。」

槙島苦笑說：

「……簡直像巴尼巴比的醫生。」

「……什麼？」

「就是史威夫特的《格列佛遊記》啊，其中的第三部。格列佛去天空島拉普達之後，下一個造訪的就是巴尼巴比。

巴尼巴比島上有個醫生想到一種能讓對立的政治家結合在一起的方法：只消動個手術，

把兩人的腦對半切開，重新黏接在一起即可。一旦成功，便能讓政治家擁有『節制且調和的思考』。」

槙島的笑容愈增冰冷。

「史威夫特寫出自以為是『為了監視、統治這個世界而生』的傢伙們最渴望的方法呢。」

「聖護老弟，你真是諷刺的天才。」

「不是我……史威夫特才是。」

槙島乍然起身，將手上的《茱麗葉，或喻邪惡的喜樂》拋向禾生＝藤間。

禾生立刻把手伸向背上的槍套，但書本更早一點打中她的臉。就算是機械身體，視野被遮蔽、頭部受到衝擊，反應還是會變慢。槙島趁這個機會，瞬間拉近彼此的距離，用手撥開主宰者的槍口，用腳掃倒禾生。

槙島踩著禾生的背，擰住她的右手往上拉扯，將之折斷。主宰者從她手中掉落，機械關節迸射出火花。

「你以為我不知道自己在哪就不敢抵抗嗎？你還是和以前一樣，辦事總差臨門一腳。」

「！」

雖不覺得疼痛，但禾生臉上難掩狼狽的神情。

槙島見狀心想，意外地還保留著情感嘛，這算是非機器人——裝載了人腦的弊害嗎？

「我還是比較喜歡以前的藤間幸三郎。」

槙島騎在禾生的背上破壞其雙腳。他用右手抱住，以左手擰斷膝蓋。火花又冒出來。

「『世界的關節』被折斷的感覺如何？」

「槙島聖護！」

「你剛才說『在前往厚生省的路上』，這句話暗示我們正在移動。這裡不是公安局，因此我判斷有機會脫逃。我猜這裡是航空機機內，公安局的傾斜旋翼機，利用顯像來掩飾房間的狹小，並裝上吸震材質的地板和牆壁，讓我感覺不到搖晃和聲音。」

「……為什麼？你明明能懂這種全能的愉悅、統治世界的快感……」

「簡直像上帝是嗎？那或許是種愉快的感受。可是很遺憾，我對於審判或仲裁沒有興趣。站在那種立場的話，沒辦法單純地享受比賽。」

禾生雙手雙腳的關節被破壞，動彈不得。

槙島繼續說：

「我啊，由衷愛著這場人生遊戲，所以希望自己徹底當個玩家。」

「住……住手！」

槙島捧起監測自己生體情報的方形裝置，用力毆打禾生頭部。禾生的後腦杓露出「裂痕」，槙島把手指伸進去，用力掰開蓋子，包裝起來的腦裸露出來。

「縱使獲得神的意識，仍會害怕死亡嗎？」

槙島溫柔地對禾生——藤間細語。

「

公安局的執行官隔離宿舍裡，狡噛躺在自己房間的沙發床上讀書。他正在閱讀蓋文·萊爾的《午夜零點一分》。從哲學到古典文學，狡噛的涉獵範圍相當廣，但最喜歡的還是海外冷硬派推理或冒險小說。

明明逮捕了槙島卻沒辦法偵訊他，縢的案子也在尋獲主宰者後毫無進展——為了填補這般半吊子的空白，狡噛將意識集中在文字上，反正他在入睡前也沒其他事可做。狡噛推測綁架或殺害縢的是公安局，因此若是靠合法手段，恐怕無法解決這個難題……

——縢。

「…………」

注意力無法集中在書上，狡嚙開始想喝咖啡了，記得咖啡機裡還留有一點。他抬起上半身準備去拿的時候，有人遞了杯子給他。

「請用。」

「謝謝……」

將杯子遞給他的人，是槙島。

狡嚙在這時猛然醒來，渾身是汗。他躺在沙發床上看書時，不知不覺打起盹而做了惡夢。他已經很久沒做夢，而且，槙島還在夢中登場——

狡嚙憂鬱地下床，去盥洗台洗把臉。咖啡機裡還有一點咖啡，他將剩餘的咖啡全倒進杯子裡，回到沙發床。

狡嚙的行動裝置顯示有來電。

來電者是公安局局長，狡嚙疑惑地接聽電話。

「……局長？」

『真是抱歉，這麼晚還打擾你。這隻電話是狡嚙慎也的沒錯吧？』

「！」

狡噛對這個聲音有印象——是槙島。他大感訝異。

『我剛剛得知希貝兒先知系統的真相了，那種東西沒有你賭上生命守護的價值。我只想告訴你這件事……那麼，我們後會有期。』

通話單方面地被掛斷。

狡噛仍不可置信地凝視著結束通話的行動裝置。

同時，下一通電話又響起。這次是宜野座打來的，狡噛立刻接聽。

「我是狡噛。」

『……抱歉。』

宜野座的聲音微弱得幾乎快聽不見。

「怎麼突然道歉？發生了什麼事嗎……」

話說到一半，狡噛想起剛才的電話，忍不住倒抽一口氣。

「該不會……」

『移送槙島的公安局航空機墜落，槙島逃亡了。』

第十八章　寫在水上的承諾

1

公安局的傾斜旋翼機撞上高速公路的路肩護欄，失事的是搭載了醫療設備的機型。駕駛座上的多隆嚴重損壞，病房部分的機艙艙門開著。

公安局的多隆封鎖周邊，刑事課的巡邏車和執行官戒護車抵達現場，刑事課第一分隊的成員從車上下來。

「是那個吧……」

宜野座接近失事的機體，令人難以置信的是，他卻被公安局的多隆擋下來。

『根據代碼Ｋ32的機密分級，除了符合情報資格的工作人員以外，禁止進入。』機械語音告知。

「我是刑事課第一分隊的宜野座監視官，讓開。」

『確認是宜野座監視官，不符合情報資格。』

「什麼？」

醫療多隆從失事機體中搬運擔架出來。機上的犧牲者被蓋上塑膠布，無法看見模樣……但是手從擔架邊緣露出，袖子看似公安局高官穿著的套裝。

「……嗯？」朱狐疑地望著遺體。根據多隆的說明，那是被槙島殺死的救護人員的屍體。

收容遺體的車子才剛離開，立刻有公安局高官護送車抵達。那是一輛車輛中段有對座型座位的加長型禮車，具備能耐得住轟炸的重裝甲與滴水不漏的反竊聽設備，駕駛座上是兼任護衛的多隆。車子在附近停下，禾生局長下車。

「由我來說明吧。」

長官出乎意料的造訪，令第一分隊的刑警們難掩驚訝。

宜野座被招呼進禾生的車子裡，和禾生一對一、面對面坐下。其他刑事課的成員無事可做，只能默默守望著多隆在失事現場的作業情況。

「可以請您說明槙島聖護是怎麼逃亡的嗎？」

「詳細內容牴觸高度機密，恕我無法說明，只能說厚生省內部極有可能有人替他牽線。若非如此，他是不可能逃亡的。」

「…………」

——牽線？厚生省在搞什麼？

他們明明很清楚槙島是多麼危險的人物。

禾生接著說：

「……真相只能從槙島口中問出來，因此，我在此任命你們第一分隊繼續負責拘捕槙島的工作，並以不得對他的生命造成威脅為最優先原則。」

「這究竟是怎麼回事！請您說明清楚！」活捉——面對如此凶惡的罪犯，居然還要毫髮無傷地活捉他？

宜野座忍不住發飆了。

禾生誇張地嘆氣說：

「宜野座……我原本還期待你有足夠的判斷力對這種狀況表示高興呢。」

「……您說什麼？」

「你不僅讓滕秀星執行官逃亡，對他的搜索也一無斬獲。面對此一危機，臨時插入拘捕槙島的這項緊急任務，對你而言何嘗不是掩飾自己失態的及時雨呢？」

「！」內心糾葛使得宜野座的視線飄忽不定。

「會把這項任務指派給你們刑事課第一分隊，一來是我對曾經成功逮捕槙島的你們有著高度信心，同時也是想給你一個挽回的機會……希望你能感念我的父母心。」

「可是……」

「另外，關於執行官狡噛慎也，他不得參加這次任務，而且要派人嚴格監視他。」

宜野座睜大雙眼。怎麼會突然提到狡噛的名字？

「什麼意思？」

「我說過了，這次任務的最優先原則是保護槙島聖護的生命安全。」

己

以宜野座為中心，除了縢以外的所有人聚集在公安局的刑事課大辦公室裡。宜野座顯得疲累至極、頹喪萬分，狡噛則近乎面無表情，只有朱、六合塚、征陸對宜野座投以同情的眼神。

「……由此刻開始，縢的追緝搜查工作移交給第二分隊，我們第一分隊將負責追蹤槙島聖護。」宜野座有苦難言，但還是想辦法硬擠出來般繼續說道：「但是，狡噛執行官必須留在公安局內，和唐之杜分析官一起支援我們。這是局長親自下達的命令。」

險惡的氣氛彷彿凍結住了，任憑冰冷的時間不斷流逝。

「我說啊……」

狡噛的語氣意外平穩，反而讓宜野座和朱感到驚訝。

「不覺得局長親自下令禁止我參與，是件很不得了的事嗎？我們的老大為什麼要特地說出這種話來？」

「因為你的值勤態度總是過度情緒化又輕率。」宜野座自己也知道這個理由很牽強。

「為了這個雞毛蒜皮的理由，居然要刪減原本已不算充分的人員？這太不合理了。還說最重要的是槙島的生命安全，逮捕他擺在第二位？這已經不能說是逮捕……乾脆派我們去當他的保鑣算了。」

宜野座什麼話也無法回應。

狡噛的語氣雖平和，眼神卻逐漸變得銳利且憤怒。

「可見上頭的傢伙們壓根兒不打算制裁槙島。假如我們又逮捕那個男人，局長不會把他送上斷頭台，而是要把他用在某種用途……怎麼看都是如此。」

「你有什麼根據……」

「你也聽過他打給我的電話了吧？那傢伙說……他知道希貝兒先知系統的真相。槙島接觸到連我們也不明白的內幕了。」

「那只是他唬弄你的！輕易聽信罪犯的話有什麼意義！」

「一定有某個人……能隨心所欲控制希貝兒先知系統的某人和槙島交涉過，卻遭槙島欺騙，結果不僅不生氣，反而對他更加執著。」

「……希貝兒是保證不受任何政府機關干涉的系統，連總理大臣也沒有那種權限。」

「那是否為事實，我看槙島多半知道。為什麼移送他的不是戒護車，而是救護航空機？負責警護的為何只有多隆？這一切怎麼想都很異常。此外，從現場被運出的遺體是誰？表面上說是救護人員，名字卻被從紀錄裡刪除了。」

「狡，沒人能接受這種狀況。」征陸以極度苦澀的語氣插嘴：「但這就是機密分級。宜野座監視官不知道答案，你責問他也沒用。」

「你說得倒沒錯。」

狡噛露出蘊含怒氣的笑容，離開座位。

「你要去哪？」宜野座問。

「去研究室。你不是要我去和分析官一起支援你們？」

狡噛離開大辦公室。

「…………」

朱對宜野座投以責備的視線後，追著狡噛離開了。

只剩三人留在現場，六合塚瞥了征陸和宜野座一眼說：

「……我去用餐。」

她也跟著離開辦公室，最後只剩宜野座與征陸在難堪的氣氛中面面相覷。

公安局長長的走廊上，朱追上狡噛。

「狡噛先生！」

「幹嘛？妳有要緊事忙著辦吧？」

「呃，對於演變成這種局面……我深感抱歉……」

狡噛混雜著苦笑回答：

「妳向我道歉也沒用吧……算了，別在意。不必參與鬧劇演出，我反而樂得輕鬆。」

「怎麼說是鬧劇……」

「整件事就是場鬧劇。我偷偷調閱過宜野提交給上頭的關於泉宮寺豐久事件的報告。」

「你又做這種事……」

「報告裡對於主宰者無法辨識槙島的事隻字未提。不對，從文章脈絡看來，比較像是被刪除了。」

「！」

朱的臉色變了。假如從那起造成雪死亡的事件中，刪除主宰者失常的問題，可就變得不值得一提。

「上層官員中，有人想將世上存在希貝兒先知系統無法裁決的人這件事實掩蓋起來。」

對於狡噛這番話，朱只能虛弱地回答：

「但這也是……無可奈何的事。」

狡噛直直凝視著朱，眼神中帶有冷靜的驚訝與憤怒。

「……妳難道不覺得不甘心嗎？」

「當然不甘心。假如我們把這個事實洩漏出去，或許會造成舉國譁然吧。但這麼做的結果，能改善什麼？又有誰能獲得幸福？」

「…………」

「否定希貝兒，現有的社會制度就無法成立。先前的暴動讓我深刻地體會到，人們是如此倚賴希貝兒先知系統。對付頭盔的程式很快會更新到所有監視裝置，社會又將歸於和平——難道我們這群刑警應該協助破壞希貝兒先知系統嗎？在這個全球化資本主義和民主主義都崩盤的世界裡，難道否定希貝兒先知系統，我們就能提出足以替代的新系統嗎？破壞很簡單，真正困難的是創造與維持。我認為執行正義與維持秩序雙方同等重要。」

「……但我們把運用司法制度的責任全部拋給機械上帝了。那個系統是今日社會的唯一律法，槙島聖護卻位於這個法律系統之外，妳覺得怎麼做才能收拾事態？」

「……這次只能當作特例處理，暫時恢復過去的制度：召開法庭，檢舉槙島，雙方辯論，最後根據法律裁決他。」

「多麼不切實際的辦法。面對興趣缺缺的厚生省與公安局，光是安排這些就不知要耗掉多少時間……」

「但是沒有其他辦法了……」

「不，還是有的，更快速、更不造成任何人麻煩的辦法。」

朱想起槙島毫無防備的後腦杓。

狡噛的雙眸閃爍著棲宿殺氣的光芒。

「早知如此，就該在那時殺死槙島……不，別誤會，我的意思不是要妳動手，而是由我給予致命一擊。身為監視官的妳不應該殺人，而我這個執行官早已一無所有。這是一種分工合作，咬人的工作本來就該由我這隻獵犬負責。」

「那不是執法，那樣只會創造出兩名殺人犯。」

朱靜靜地注視狡噛，她的眼神直率且堅強。

「狡噛先生……記得你曾經說過，想要身為一名刑警，而非獵犬。」

「……妳怎麼老記得這些無關緊要的小事。」

「這不是無關緊要的小事。這很重要。因為那句話，我才得以不辭去這份工作，努力到現在。狡噛先生，你能對我承諾嗎？說你未來會一直恪遵刑警本分。」

狡噛心想，多麼不可思議的女孩啊，她的表情恰似在對上帝祈禱。狡噛感受到她是真心在為他擔憂。她是一位如此愛著秩序，又被秩序所包容的女性；兼具來自純真的堅強與柔弱的女性。狡噛和朱在許多方面都很相似，但朱才是擁有真正重要事物的人。

狡噛嘆了一口氣，點頭說：

「……嗯，我對妳承諾。」

3

刑事課的大辦公室裡只剩下宜野座和征陸。

「只不過，局長可真誇張啊。讓好不容易逮到的犯人逃了，又要我們再抓回來。」征陸諷刺地說：「是想和我們這群狗狗玩丟球遊戲嗎？」

宜野座變得垂頭喪氣，聲音虛弱地問：

「我問你……現在該怎麼做才好？這種時候怎麼做才是正確答案？」

「沒有正確答案，有的只是妥協。」

征陸斷然說道。聽到他的回答，宜野座垂下肩膀。

「過去守護東京的是一個叫做警視廳的組織。」征陸說。

「……這點小事我好歹知道。」

「那你知道有多少人在這個組織裡服勤嗎？」

「呃……」

「光是警官就超過四萬人。」

「！」超出預期的數量，令宜野座微微睜大眼。

「現在公安局的監視官和執行官，加起來只有二十人左右，剩下的就是由希貝兒先知系統管理的多隆。僅需如此就足以維持治安，若是古人知道，肯定不會相信吧。」

「…………」

「這就是妥協。用少數的犧牲，換得大多數的和平。在事件成立前先解決事件正是希貝兒先知系統帶來的恩澤。」

「但妥協的結果，不是反而導致先前的暴動嗎？」

「長遠看來，那場暴動也算不上造成什麼嚴重的損害。在希貝兒先知系統導入前，每天少說有幾百件殺人、傷害或強盜案件。

──保護自己吧，伸元。」

「……咦？」話鋒突然指向自己，令宜野座感到困惑。

「我剛才也說過，這是主人和狗兒的拋球遊戲。站在狗兒立場的你，就算吠叫或反抗，也只會被虐待。既然如此，就改變你的立場吧，站到不是狗也不是主人的第三立場。」

「第三立場……？」

「就是球啊，你要讓自己變成被人拋出、只會彈跳滾動的球。表面看起來或許很悲慘，事實上卻最不易受傷，也最不疲憊，是很聰明的立場。說句難聽話，這件事已經超出你能處理的範圍，要是你輕舉妄動，說不定還會被逼著扛起全部責任……與其如此，還不如徹底當個只會以低處為目標滾動的廢物比較好。」

宜野座苦笑說：

「好過分的建議啊。」

「我還以為你比我更懂得這種哲學呢。」

「老人家就是經驗老到。等我變成你這種老頭時，或許能想出更狡獪的主意吧。」

宜野座用眼鏡布擦拭眼鏡後，將眼鏡戴回臉上，表情多了幾許精悍。說出真心話似乎讓他輕鬆了不少。

「……想逮住槙島，還是得借助狡噛的戰力。」宜野座說。

「即使他是一隻會反咬飼主的狗嗎？」

「一旦和槙島有關，沒有比狡噛的鼻子更靈的獵犬。過去我們能察覺槙島的意圖並將他逼入絕境，都是多虧了狡噛……他擁有你常提到的刑警的直覺，這也是我缺乏的才能。」

「……但是，局長不是下令不能讓他參與搜查嗎？」

「只要能把他放出籠子，接下來就隨我們安排了。」宜野座邊說邊將手盤在胸前思考。

「接下來就看該找什麼藉口……」

朱坐在公安局餐廳裡操作筆電的顯像鍵盤，現場只有多隆來來去去。這時，六合塚端了一杯咖啡來到她的桌子。

「在調查事情嗎？」

「是啊，我在查過去的審判制度……像是任命法官的基準，遴選律師或檢察官、陪審員的方法……」

「啊，在思考逮捕槙島後要怎麼審判他嗎？」

「我希望召開臨時法庭的想法被狡嚙先生一笑置之……所以我打算好歹構思出一個更具體的計畫，這樣他也許會……」

「怎麼不回辦公室調查呢？」

「因為……呃……總覺得現在大辦公室的氣氛有點僵……」

「我了解。」

「嗯……」

「……要我幫忙嗎？」

「啊，太好了！」
六合塚也在餐桌上打開筆電，在朱對面的座位坐下，兩人暫時默默地埋首於作業。
「實際調查起來，才知道過去社會的紀錄真的很難找。我沒想到會這麼難搜尋……」
朱喝了口咖啡，喃喃說道。
「因為已經沒人對這些事感興趣。」六合塚照例擺出撲克臉。「沒人想將之整理成完整的資料庫。」
「不覺得這樣有點可怕嗎？簡直像連搜尋這些事都是種禁忌似的。」
「至少在希貝兒先知系統確立後，還對其他社會制度有興趣這點不會受到鼓勵是事實。」
「嗯……」
「希貝兒先知系統以最完整的社會制度之姿君臨於這個國家，如果還想思索更正確的社會，只會被當成妄語吧。」
「……的確，思考這種事情的人，心靈指數色相似乎會變得混濁……」
「是的，一定會，因為現行體制就是建立在這種架構上。而且，愈深入研究歷史，就愈能輕易看穿現存的資料庫裡，有關古代文化與風俗的部分其實缺漏了很多東西。」
「咦？」

「保存下來的歷史，都在替演變成今日社會是一種必然而背書，暗示其他制度或思想能夠成立的事物全部被『視為不存在』。所以，狡噛和征叔才會天天啃紙本書啊。」

「………」

六合塚的話令朱很在意，敲鍵盤的手指停了下來。

「六合塚小姐……妳成為執行官以前是在做什麼？」

「妳沒有必要知道這些，因為那也是被『視為不存在』的事物。」

這時，兩人的行動裝置同時收到來自宜野座的郵件。

「……緊急召集？」

「來自宜野座監視官？」

4

第一分隊的五名成員再度於刑事課大辦公室集合。

朱對宜野座說：

「突然召集我們有什麼事嗎？」

「……現在刑事課整體缺少兩名執行官，這種狀況下不能讓狡噛留在研究室偷閒。」

宜野座說。猜不透他葫蘆裡賣什麼藥，狡噛和朱互看一眼。

「所以……」宜野座接著說：「我和第二分隊的青柳監視官討論，請她和我們交換執行官。狡噛暫時調去第二分隊輔助搜索滕秀星。相對的，他們也調派一個執行官過來。」

「宜野……」

狡噛瞠目結舌地喃喃說道。他驚訝的是宜野座竟然會做出這種豁出去的舉動，交換執行官明顯只是為了讓狡噛外出的藉口。

「我先警告你，狡噛。」宜野座表情徹底維持嚴肅地告誡：「就算你能回歸第一線，也千萬別忘了你現在的任務不是追緝槙島聖護。假如你有越權行為，青柳不會輕易放過你的。倘若你不自愛，還要扯第二分隊的後腿，屆時第一分隊也不會歡迎你回來，我會直接把你送進隔離設施，做好心理準備吧。」

狡噛苦笑回應：

「……嗯。」

宜野座這番話全都要反著聽吧。

——第二分隊的青柳會對你的越權行為睜一隻眼、閉一隻眼。

——去逮住槙島聖護吧。

監視官與執行官們浩浩蕩蕩地前往刑事課車輛停駐的地下停車場。第一分隊五名，第二分隊也是五名。

「宜野座，沒想到你會想出這麼豁出去的手段。」第二分隊的青柳說。

「抱歉。」宜野座說：「把妳捲入這個危險的賭注裡。」

「沒關係，我也認同你們隊上的阿滕消失有很多疑點。更何況，我也認為絕對不能放任槙島聖護不管……關於阿滕的失蹤，目前手上的線索太少，像隻無頭蒼蠅般亂撞是無可奈何的。所以說從今天起，我們應該基於大膽的推理來進行搜查。」

「也就是說……？」

「譬如說……幫助槙島聖護逃亡的公安局內奸其實是滕秀星，你們覺得如何？」

聽了青柳的話，狡噛咕噥：「啊，原來是這麼回事……」

這種事態發展對朱而言也很意外。迄今為止，宜野座看似想盡辦法要切割和狡噛很要好的過去。為了仕途捨棄降格為潛在犯的朋友看似冷淡，但在希貝兒先知系統的社會裡也是無可奈何的事。只不過現在看來，宜野座終究還是沒辦法這麼做。

縢不可能幫助槙島逃亡，這是個藉口。表面上在搜索縢，實則在追緝槙島，說穿了就是這麼一回事。

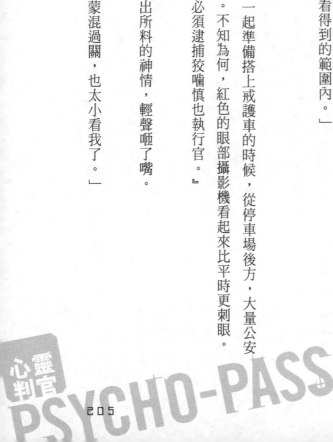

「我們去槙島失蹤的區域附近確認是否有縢的線索吧。狡噛執行官，我允許你陪同搜查，但請絕對別做出多餘的事情喔……在我看得到的範圍內。」

青柳的話中有話。

「我明白了。」

正當狡噛和其他第二分隊的執行官一起準備搭上戒護車的時候，從停車場後方，大量公安局多隆如潮水般湧現，將他們團團圍住。不知為何，紅色的眼部攝影機看起來比平時更刺眼。

『這是基於代碼K32的特殊狀況，必須逮捕狡噛慎也執行官。』

「什……」

其他人一臉驚愕，只有狡噛一副不出所料的神情，輕聲咂了嘴。

禾生局長從多隆們的後方走出來。

「如果你們以為用這種小技倆就能蒙混過關，也太小看我了。」

青柳彷彿要庇護似地站在狡嚙前面，但狡嚙拍拍她的肩，主動走到禾生面前。

「沒想到妳是我的熱情粉絲呢，禾生局長。」

「你在這種場合還是忘不了挖苦的精神結構著實令人費解。」

宜野座焦急地發言：

「局長！請容我說明一下，這是——」

「不，用不著說明了，你現在開口反而是種輕率的行為啊，宜野座。你難道看不出這種場面只會愈描愈黑嗎？」

禾生語中不帶一絲憤怒，臉上掛著平和的微笑。

「我認為監視官基於個人定奪做出判斷不見得是壞事，重點在於結果要能令人滿意。我評判你們的基準只有這一點。換句話說，要做危險的賭注時，退場的時機就顯得很重要。萬一賭注失敗，是否能迅速以堅毅的態度處理，將會顯露出當事人的資質。

宜野座伸元監視官，在你的監督下，有個執行官將要犯下嚴重的抗命行為。這種情況你會如何處置？比起愚蠢透頂的辯解，不是更該以明晰且無從挑剔的行動來展現你的決斷力嗎？」

「！」

宜野座立刻拔出主宰者瞄準狡嚙。他的行動冷靜無比，表情卻透露出他正咬牙忍耐。

『犯罪指數・二六二・刑事課登記執行官・為任意執行對象・保險裝置將解除。』

「嗯，很好，你適當地證明了自己是有用的，但不可否認，還缺臨門一腳。」

禾生緩緩向前，走到宜野座身旁伸出手，觸碰宜野座舉起的主宰者握把。

於是——

『執行……模式……非……致命……痲……醉……』

主宰者語音出現異常。

接著，自行變化成實彈槍模式。

宜野座不敢置信地睜大雙眼。

「湊巧經過的青柳並不知道狡噛執行官為什麼會在這裡……對吧？」禾生說。

青柳表情驚懼，不敢作聲。

「宜野座，你也對狡噛的擅自行動完全不知情。萬一他死在這裡，將會永遠失去問清事實的機會……我只好囫圇接受你們的這番說詞。」

禾生用手扶著宜野座不停顫抖的手，幫助他用實彈槍瞄準狡噛。

「宜野座……你能把身為負責人的判斷力，與不受人情左右的冷酷展現給我看嗎？」

宜野座的眼珠亂顫，禾生似乎無論如何都打算讓他開槍射擊狡噛。

不是麻醉槍，而是能殺人的實彈槍。

「……狡噛……」

汗水爬滿宜野座的臉龐，他已經連直視狡噛都辦不到。

他閉上雙眼，拚命抵抗禾生加諸在他身上的壓力。

「…………」

狡噛則是一副「已經無所謂了」的態度，掏著口袋尋找菸盒，想說能在死前抽根菸也好，偏偏總在這種時候會忘了把菸收在哪裡——

主宰者發射。

——但不是宜野座手上那把。

而是來自朱以麻醉槍模式進行的射擊。

被神經光束命中，狡噛當場倒地。

朱成了在場所有人的目光焦點。

「……犯罪指數三〇〇以下的目標適用的是麻醉槍模式。」

朱面無表情，語氣平淡地說。

「宜野座先生，你那把主宰者故障了喔，最好快點送廠維修吧。」

「……嗯。」

宜野座總算放心地鬆一口氣，把槍放下。

朱看也不看禾生一眼。

禾生仔細端詳面無表情的朱的側臉。

5

第二次被常守朱用麻醉槍射擊了，或許兩人有奇妙的緣分吧。

這是這幾個月來第幾次在醫務室中醒來？狡噛總覺得待在醫務室的時間，比待在自己房間裡還要多。

朱維持坐姿在病床旁的椅子上打瞌睡。

「…………」

她似乎累壞了，明明姿勢很不穩定卻睡得很沉。看著她毫無防備的睡臉，狡噛不禁感到溫馨，不由自主地望著她好一陣子。

不久，確認身體能活動自如後，狡噛從床上爬起來。唐之杜這時進入醫務室，似乎想開口說什麼但被狡噛以手勢制止，並以眼神示意唐之杜別打擾朱的睡眠。

雖然仍覺得動作有些不協調，不過身體總算是能動了。狡噛和唐之杜留朱一個人在醫務室，走向分析官研究室。

「你要感謝小朱。因為她瞄準你的腳尖，否則你最少要整整一天躺在床上動彈不得。」

研究室的其中一台監視器顯示朱仍在打盹。看著她，狡噛感慨地自言自語：「已經連主宰者都能隨心所欲地使用了嗎……」

「看著原本青澀的新人變得愈來愈頑強，總有種既可靠又寂寞的複雜心情。」

「她將來會變得更加頑強的，我保證。」

狡噛望向研究室內側用強化玻璃隔起來的實驗分析室。狡噛走到分析室門口，分析中的「頭盔」就在門裡面。

「問個問題。」

「好的～什麼問題？」

狡嚙看著門口，唐之杜正在塗指甲油，兩人視線沒有相交。

「那頂頭盔還能用嗎？」狡嚙問。

「可以是可以，但是等希貝兒先知系統完全恢復後，就會更新對應程式。如此一來，那就只是一頂平凡的頭盔。」

「距離系統完全恢復還有多久？」

「再六天。」

「妳能幫我開門嗎？」

「你想帶走證物？」

「搜查上有必要。」

「……你明明被調離搜查團隊。」

「有人通知妳了？」

「嗯～我也不記得了。仔細一想，似乎沒人跟我說過。」

唐之杜操作控制台，解除實驗分析室的門鎖。她已經完全明白狡嚙接下來打算做什麼與會發生什麼事。

「不管發生什麼事，也絕對不要帶出公安局喔。如果被誤會成恐怖分子的餘黨，說不定會被市民圍毆。」

「我明白。」狡嚙走進敞開的分析室內，拿起頭盔。

「慎也。」

「嗯？」

「如果我和你做愛的話，結果會有變化嗎？」

結果——狡嚙的背叛與逃亡。

「這個嘛……」狡嚙苦笑說：「我想我們彼此都不合對方的興趣。而且，別讓六合塚哭泣吧，她是個老實的女孩。」

「嗯～說得也是～」

狡嚙拿起頭盔，離開研究室。唐之杜自始至終都沒望過狡嚙一眼，假裝在專心修整指甲。

公安局執行官隔離宿舍走廊上有警備多隆巡邏。現在線上的多隆，全都將「狡嚙慎也」登記為「須密切注意的人物、重要監視對象」。

狡嚙戴上頭盔，經過警備多隆旁。多隆看見狡嚙，照理說會跟隨過來，但在檢測到其他人的心靈指數後就放他通行了。就這樣，狡嚙光明正大地回到自己的房間。他一進房，立刻發現征陸已經坐在起居室裡抽菸。

「喔喔，頭盔，原來還有這招。」

「……大叔，你在這裡做什麼？」

征陸努努下巴，示意放在桌上的厚資料袋。

「我想你一定會回來拿槙島的資料，但要收拾那堆散亂的資料又太花時間，所以我先幫你整理起來。」

狡嚙立刻拿起資料袋，確認內部的資料。

「還有，這是我送你的餞別禮。」

征陸給了狡嚙寫著地址的便條紙和老舊的鑰匙串。

「這是我警視廳時代的回憶。當年我煩惱將來該何去何從，所以準備了若有萬一時的藏身處……要是還沒被拆除的話，也許能派上用場。」

「大叔……」

狡嚙不知該怎麼道謝才好，一時之間說不出話來。

反倒是征陸一臉愧疚地低下頭。

「……如果可以的話，我也想去幫你……」

「別說傻話了，考慮一下你兒子的立場吧。要是親人捅出妻子來，會毀了他的前途。」

「……抱歉。」

「用不著道歉。」

狡噛從監視官時代就認識征陸。總覺得比起那時，同樣成為執行官後的往來比較自在。宜野座的潛在犯父親——不知道有孩子的人被認定為潛在犯是什麼感覺？狡噛無法想像，想必是很辛苦的人生吧。

現在回想起來，刑事課第一分隊就像一個虛擬的家庭，以征陸和宜野座這對真正的父子為中心，若有似無地締結了兄弟般的連帶感。這是同樣身為潛在犯的共感，加上宜野座複雜的立場所帶來的結果。

但是，虛擬畢竟只是虛擬，終究不可能持續下去。潛在犯不可能獲得幸福。就算沒有槙島，破滅仍舊會降臨狡噛的人生，就像船隻抵抗不了大漩渦一樣，而且還會把朱和宜野座也牽連進來——

狡噛將便條紙和鑰匙串塞進口袋裡。

「自己保重……如果你沒有出錯的話，我們應該再也見不到面了。」

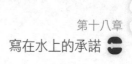

征陸瞇細眼睛說。

「的確是……一起祈禱不會發生這種事吧。」

狡嚙點點頭，戴上頭盔，捧著資料袋離開。

6

隔天早上，狡嚙來到廢棄區域——便條紙上寫的地址——征陸的藏身處。

狡嚙進入廢墟般的高層公寓。電梯已經停用，狡嚙走樓梯上到七樓，使用征陸贈送的鑰匙打開公寓裡的某間房。光是打開門，就使得房裡堆積的灰塵瀰漫飛揚。

「…………」

狡嚙用隨身攜帶的手電筒確認房內、搜索房間，一下子就找到金庫。他用征陸紙條上的密碼打開金庫，裡頭藏有現金、工具箱以及油紙包。打開油紙包，裡頭是一把老舊的轉輪手槍。

狡嚙慎也從公安局逃亡前，在朱的辦公桌上留下一封信。信封裡有一張信紙，上頭有以鋼筆寫成的工整字跡。不同於電子郵件或電話，書信內容不易被竊取。

朱走到公安局大樓的露台，在灰濛濛的天空底下讀信。

『抱歉，我未能遵守約定。』

『為了守護人民，我選擇當一名刑警，但是，槙島的存在改變了一切。那個男人今後仍會繼續殺人，法律卻無法審判他。只要我還是個刑警，就絕對無法動到那名男子。透過這次的事件，我痛徹地了解這個事實。既然法律已經無法守護人民，為了盡到我所應盡的任務，我只能跳脫法律。』

『常守朱，妳的人生觀無疑是正確的。即便被我背叛，也希望妳切勿背離初衷。我只是想任性地貫徹自己的意志，才選了和妳不同的道路。我也知道這是一種錯誤，然而，我恐怕只有選擇這條錯誤的道路，才能給現在的自己一個交待。

我不敢要求妳原諒我。下次見面時，妳將會站在裁決我的立場。屆時請妳不要留情，忠於自己的任務吧。切勿背離妳的信念。』

看到信中最後一行文字時，朱的淚水奪眶而出。

『雖然時間很短暫，但能做為妳的部下工作，我感到很幸福。謝謝。』

「……笨蛋……」

多麼狡猾的人啊。

明明打破了約定卻不乞求原諒，只要求懲罰。

第十九章　透明的影子

狡噛慎也的監視官時代。

公安局講堂裡，六名監視官在這裡接受希貝兒應用犯罪心理學的特別講座。狡噛慎也和宜野座伸元亦在其中，兩人坐在一起。

講台上的是雜賀教授，他今天的頭銜是「公安局特別講師」。

雜賀以口述授課，不使用虛擬實境或顯像等多餘的道具。

「……『個人主義高漲會助長暴力』，這句話出自法國社會學家米歇爾．韋威爾卡的著作。他主張媒體為了增進大量消費而煽動人們的慾望。直接或隱性的廣告插入各式各樣的媒體中，這正是犯罪的遠因。」

「不僅如此，韋威爾卡還主張『主體性被剝奪的個人，甚至會為了翻轉這種不可能性而行使暴力』。當然，他生存的年代遠在希貝兒先知系統成立以前，但即使是到現在，他的理論不僅不顯遜色，反而益發重要。」

「為了翻轉不可能性而行使暴力……我認為這是在希貝兒先知系統運作下最可怕的犯罪類型。因為罪犯的動機愈遠離個人慾望，對刑警而言就愈棘手。追求利益的行動容易猜測，為了維持自我的犯罪卻難以應付。」

宜野座小聲地和狡嚙說話：

「……不就是為了防範這點，才有色相檢查和犯罪指數分析嗎？」

狡嚙覺得很煩，比出「嘴巴拉拉鍊」的手勢。宜野座有點惱火。

雜賀繼續講課：

「沒錯，只要分析犯罪指數立刻能找出有這種想法的人。然而，我們也無法否定像洪水潰堤一樣同時發生多起暴力行為的可能性。」

「老師，我有個問題。」

狡嚙突然舉手。

「說吧。」

「我認為堤防崩潰的大前提，是有能跨越希貝兒先知系統的監視的煽動者出現……」

「……喔喔。」對於他的問題，雜賀發出佩服的聲音。「你是狡噛監視官嗎？」

「是的。」

「那麼，你認為現在的公安局已經有對策應付那種煽動者出現了嗎？」

「…………」

狡噛和雜賀的視線相交。

飄盪於兩人之間的緊張氣氛，令宜野座有種奇妙的不安感。

1

藏身處有個相框，裡頭擺了一張照片，是孩提時代的宜野座被仍年輕力壯的征陸扛在肩上，兩人臉上都洋溢著幸福的笑容。看到這張照片，狡噛在心中祈禱宜野座能平安度過這個難關。狡噛如今已完全無法插手公安局的事。更正確地說，狡噛根本無法對抗希貝兒先知系統。因此，就算他不信神，也只能祈禱。

在這間位於廢棄區域的公寓房裡，狡噛面對全身鏡，手持征陸藏匿的手槍——Sturm Ruger SP101。這種手槍能裝填五發.357麥格農彈。

不只手槍，也有預備的子彈和轉輪手槍用的快速裝彈器。狡噛按下彈筒門，甩出彈筒，快速退彈，裝填新子彈，重新恢復瞄準姿勢——一直重複這個動作。

接下來他就得用這把槍戰鬥，必須讓槍成為自己的一部分。

——準備完成了。

狡噛離開藏身處，走向公寓的地下停車場。他抱著頭盔，背起裝滿野外求生用品的背包，在荒廢的停車場尋找目標。

在停車場較深處停著一輛破爛的大型旅行車，乍看只是一輛沒人有興趣的廢棄車輛。車輛後方的貨艙上鎖，狡噛使用征陸給的鑰匙圈打開貨艙門。

「真是的，大叔的準備未免太周全了。」

廢車貨艙裡，收著一輛狀態保存得相當良好的舊型機車。

2

「……已經瀕臨危險界線了喔。」
「……什麼？」
公安局內的心理諮詢室。
宜野座一時之間無法接受對方這句話，忍不住反問。
「您的色相混濁成暗紅色，屬極端危險的壓力狀態，現在不立刻接受正式治療不行。」
「……犯罪指數呢？這個比較重要吧？」
諮詢師吞吞吐吐，難以啟齒。
「醫生。」宜野座催促。
「……犯罪指數七二，以公安局官員而言是相當令人震驚的數值。但還用不著太悲觀，現在立刻進行治療的話，應該能重新壓抑在五〇以下。」
「現在立刻嗎……」宜野座苦笑。出人頭地的機會快消逝了，不只如此，他甚至更靠近潛在犯一步。「具體說來，治療該怎麼做？」
「總之先停職吧。如果您堅持要上班，只好請您專心坐辦公桌。色相診斷進入危險區域是個嚴重問題。而犯罪指數雖然還在變動，但隨時有急速惡化的可能性。如果繼續忽視色相混濁的狀態……最糟的情況下，甚至會被認定為潛在犯。」

宜野座「哈哈」乾笑兩聲。

「？」諮詢師詫異地望著他。

「沒事……只是想起我以前的夥伴也碰上和我現在相同的狀況。」

「那位夥伴後來怎麼了？」

「他不再是我的夥伴，現在成為我的部下，從同等的立場被降格了。」

——現在，他甚至連部下也不是。

「真諷刺。我一直努力保護自己，不讓自己落入那種境地，結果還是變成這樣，真是……」

「我立刻為您安排集中心靈治療吧，您的職場那邊由我替您聯絡——」

「請等等，現在聯絡的話我會很傷腦筋。」

「宜野座先生……」

「現在還在警戒區，尚未越線，我會度過難關的。」

「但您這麼做的話，我無法保證後果如何喔。」

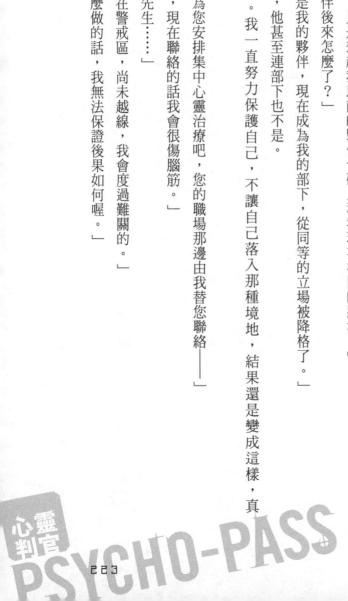

宜野座從椅子站起，穿上外套。

「……我現在的同事是今年剛錄用的女孩子。看到她，我就覺得自己還有希望。重點在於如何調適『心態』啊。」

3

埼玉縣秩父市。

狡嚙將機車停在自己的恩師、前大學教授雜賀讓二的家前面，脫下頭盔走向大門，按下對講機按鈕。雜賀立刻開門。

「……我一直有關注新聞。」一看到狡嚙的臉，雜賀立刻就說：「在那個事件之後，你不惜失去監視官的地位也要偵辦。現在看來真的成了極嚴重的事件……總之先進來吧。這附近雖然沒什麼人，不過小心一點總是好事。」

「抱歉……」狡嚙微微點頭。下個瞬間，雜賀突然開口：

「喂喂喂……你居然有槍？」

冷不防被人這麼問，狡嚙大感驚訝。沒錯，他將手槍與子彈收進油紙包藏在懷裡。

「……您看出來了？」

狡嚙走進家中，兩人走上走廊。

「我猜是……舊式的轉輪手槍吧？」

「您的神準總令我感到驚奇。偶爾公開一下祕訣嘛，簡直像超能力一樣。」

「純粹只是觀察力和邏輯思考啊，狡嚙。公安局內藏不了那種武器，因此是長期保管在廢棄區域……既然如此，如果是我來藏，當然不會選半自動手槍，而是不易故障的轉輪手槍。」

4

——已經哭到連自己都受不了。

朱帶著疲倦到極點的悽慘表情回到刑事課的大辦公室。

——哭也無法讓事態好轉，該做的事就要做，先把能做的事處理好吧。

征陸和六合塚露出擔心的表情看著朱。

只有宜野座表情嚴峻地說：

「我相信你們所有人都已接到通知……狡嚙逃亡了。他身為一名純粹的犯罪者，毫無疑問的餘地，逃亡了。他應該是想去追槙島吧，我們也要追捕他。逃亡的執行官……無須活捉，當場以主宰者處決。」

聽到這裡，朱不禁諷刺地說：

「槙島要活捉，狡嚙先生則是就地處決。」

「……沒錯。」宜野座很難得地沒有生氣。

「現在先別考慮狡嚙的事吧。」征陸說：「只要追到槙島，自然能和狡嚙再會。該怎麼做，等到時候再思考。」

「雖然我們掌握了槙島的長相，但由於先前暴動的影響，大部分監視器還在調整中。」宜野座說：「距離系統完全恢復還要五天……這段期間裡，我們恐怕無法期待能利用臉部辨識展開搜索。」

「假定對方也知道還要五天或許比較好。」六合塚說：「他會趁這段期間隱瞞去向，策謀遠走高飛。」

「不，槙島會有一番行動的。」

朱強力斷言，其他刑警訝異地看著她。

「……我想我多少猜得到那個男人的想法。他不是被追捕就放棄的人，一定到最後的最後都想測試這個世界。雖然他的行為猶如上帝或惡魔，但他知道自己兩者都不是。他想讓這個被系統守護的社會面對赤裸裸的人性。他就是抱著這種想法，才打電話挑釁狡嚙先生吧。」

「可是……自從暴動以後，重要地點都配備了國境警備隊的武裝多隆。」六合塚非常冷靜。「也做好反電磁脈衝處理，每一輛都附帶一名操作員，是無法破解的機型。槙島再怎麼神通廣大也沒辦法出手。」

「縱使如此，他還是會搞出一番名堂。為了讓事件重新掀起高潮，那男人還會招引狡嚙先生的。」

「只不過……」征陸歪著頭說：「在警戒如此森嚴的東京都內，僅僅一個人……真的能如此輕易對社會做出致命的打擊嗎？」

「槙島一直能把不可能化為可能。假如他絞盡最後的力氣，不管發生什麼事也沒什麼好不可思議。」

眾人針對今後的搜查方針討論，但沒有得出結論，為了各自整理思考，決定先暫停，休息一下。

「……打擾了。」朱進入分析官研究室。

「……怎麼了？」

唐之杜和平時一樣待在研究室裡。明明只是熟悉的人物留在熟悉的地方這麼簡單的事，卻讓現在的朱滿懷感激。

「沒什麼……總覺得最近發生太多事，我感到很混亂……雪的葬禮之後，也沒臉和同期的朋友見面。」

「所以妳是來找我這個姊姊傾訴心事囉？」

「與其說傾訴心事……也能討論搜查嗎？」

「你們現在是要追捕槙島……與慎也吧？算我雞婆，但這兩件事別由第一分隊，而是由其他分隊來負責比較好吧？」

「不行……我們要比狡嚙先生更早一步逮捕槙島。」

朱一瞬間又哽咽起來。

一不小心淚水就會盤據眼眶，朱彷彿大口喘氣般擠出話語：

「我絕對不想看到……狡嚙先生不再是潛在犯……變成真正的殺人犯……」

朱把頭垂得低低的，唐之杜看不見她的表情。

「妳……真的沒事嗎？」

朱沒有抬頭地回答：

「放心吧……擔心的話可以檢查我的心靈指數。我早上檢查過自己的色相，還嚇了一跳。我連在這種時候，色相也還是灰土耳其藍……我這個人究竟有多麼無情呢？」

「心和心靈指數不一樣。」

「……既然如此，心靈指數是什麼？」

「…………」

「而心……又是什麼……？」

唐之杜沒有回答，只是默默地摟住朱的肩膀。

5

雜賀在自己家中的廚房做菜。他將平底鍋中的歐姆蛋翻了個面，接著將巧手完成的料理擺上餐桌。廚房和客廳、餐廳沒有隔間，連成一片，狡嚙打著大大的呵欠進入。

「你沒睡嗎？」

「我在預測槙島會怎麼做……但左思右想都得不到答案。」

「你認為那個男人還會做出什麼？」

「再過五天，首都圈的維安網路系統就會完全恢復，這是刑事課的分析官提供的情報。對於槙島而言，這也是發射最後煙火的時限。」

「我沖好咖啡了。是用真正的豆子，非常香濃。」

「……謝謝您。」

狡嚙和雜賀面對面坐在餐桌前，開始用餐。狡嚙這時才想起自己好久沒吃頓像樣的飯，更何況雜賀親手做的料理絕非只是「像樣的」料理，而是用自家養的雞生下的天然雞蛋與家庭菜園栽種的食材製作的上等好料。歐姆蛋和馬鈴薯沙拉、煎得又香又脆的培根、塗上滿滿奶油的吐司……絕佳的美味沁入狡嚙的每一個細胞。

「我看過你帶出來的資料了，難怪你會陷入苦戰。」

「雜賀老師的印象如何？」

「雖然是現在很少使用的詞語，不過，倘若在希貝兒先知系統的運作下還能存在『政治犯』，這名男子肯定就是如此。他是極為惡劣的恐怖分子。是恐怖分子……或說無政府主義者、煽動家，再不然就是對民眾沒興趣，懷有自殺願望的革命家。不管如何，絕非善類。」

兩人一邊對話，一邊繼續用餐。

「話說回來，狡噛，你知道無政府主義的定義嗎？」

「否定統治與權力，但不意味著混亂與失序。」

「沒錯。無政府主義否定的是非人道的統治系統，想構築出更合乎人性的系統。槙島雖然很類似無政府主義者，但像他如此喜好破壞，又和原有語意大相逕庭。」

「非人道的統治系統……就是指希貝兒，是吧？」

說完，狡噛端起咖啡喝了一口。

雜賀點頭，接著說：

「套用馬克斯．韋伯的話，理想的官僚是『不憤怒也不偏頗』且『不憎恨也不激情』、『不熱愛也不狂熱』，是徹底基於『義務』行事的人。希貝兒先知系統在這層意義下，或許是很接近理想官僚制度的行政系統。前提是，目前公布的希貝兒先知系統的性能全是事實。」

「……槙島在電話裡對我說，他已得知希貝兒的真相，又說：『那種東西不值得你賭上性命守護。』」

「再引用一句韋伯的話吧：『官僚行政制度藉著知識——專門知識和實務知識——來統治民眾，並將之隱匿來提高其優越性。』」

「槙島想剝奪它的優越性。」

「而且他差點成功了，那場暴動讓這個社會瀕臨極端危險的邊緣……所以，厚生省對槙島提出了某種『提議』。」

「可是槙島不願意接受那個提議。」

「有機會真想在錄影錄音的情況下和那名叫槙島的男人對話。」

「算研究的一環嗎？」

「不是那種層面的，純粹想幫助搜查而已……假如槙島在這裡，你認為他會怎麼參與我們的討論？」

雜賀做出奇妙的發言。

幻想一瞬間掠過狡噛的腦內。

「槙島……在您舉馬克斯・韋伯為例的下個瞬間，便會引用傅科或傑瑞米・邊沁的話來反駁您吧。」

幻想槙島也坐在這個餐桌上。

『與其說是系統，更接近巨大的監獄吧？圓形監獄……全景監視設施的最糟發展型，以最少人數控制最多囚犯的設施。』

不知為何，在幻想中三人圍繞著餐桌談笑。想像中的槙島說了個笑話，狡噛被逗得捧腹瘋狂大笑。

狡噛回過神來說：

「……說不定會引用《格列佛遊記》。那男人是個愛嘲諷、具有扭曲幽默感的傢伙。」

「原來如此，那的確適合用來諷刺過度發展的科學和政治。」

「……他就是這種人。」

用餐結束後，狡噛和雜賀移動到廚房，兩人一起清洗餐具。

「容我問個較深入的問題，你認為槙島和你自己相似嗎？」

「…………」狡噛面露驚訝，思忖一番後回答：「姑且不論是否相似，但我自認能理解他的某些想法。」

他一邊說，手也一邊動。

「……我不知道槙島有什麼過去，他的經歷徹底被消除了，但有一點可以相信的是，他的人生有過某種重大轉折，即『他發現自己的特異體質的瞬間』。能自由控制自己的心靈指數的體質……

或許有人認為這是種『特權』，但槙島並非如此。他感覺到的……恐怕是疏離吧？某種意義下，在這個社會裡，不存在於希貝兒先知系統的眼中，不就等於不被當人看待嗎……」

「『被排擠的孤獨孩子』嗎……原來如此，這種心情也許真是槙島的原點。」

「以上只是我的推測，事實真相如何，不問他本人也無從確認。」

「但你沒打算問。」

「是的，我會盡快且確實地殺了他。為此，我需要老師幫忙。」

「……我真是收了一個很亂來的學生啊，不過我會幫你的。放任他不管的話，一定會出現比先前的暴動死傷人數更嚴重的災難。你待會兒來我書房吧，我給你看個有趣的東西。」

6

公安局的局長辦公室裡，房間的主人憂鬱地將雙肘拄在桌子上。

宜野座直挺挺地站在她面前。

「果然不出我所料，事態往最糟的方向發展了。」
房間主人——禾生冷冷地說。
「這一切都是我監督不周害的，我會竭盡全力收拾殘局。」
「雖然你這麼說……」
禾生一臉無趣地耍弄手上的平板觸控筆，接著以更冰冷的聲音說：
「事實上，我認為繼續期待你的能力是很危險的。」
宜野座的身體不由得僵硬起來。
禾生改以較柔和的聲音說：
「……我不是在斥責你，一個人想任何事都處理得很完美是有其極限的。這一連串的難題以最糟糕的時機重疊在一起，對你們第一分隊只能說純粹是運氣不好。我看這樣吧，追緝狡噛慎也的工作就交給第三分隊，你先去休個假，好好養精蓄銳。」
「只有我們第一分隊最理解狡噛慎也的性格與思考，並能預測他的行動模式，這項工作只有我們才做得來。」
對於禾生的提議，宜野座毅然決然地否決了。
「……喔，好吧。」

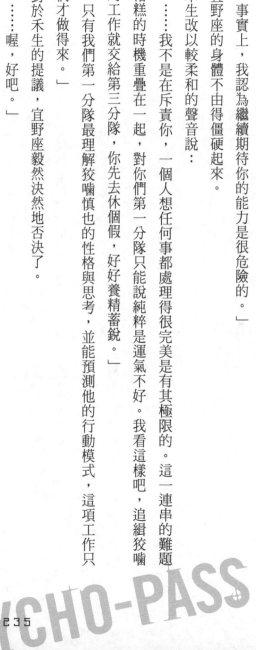

面對莫名強勢的宜野座，禾生擺出無所謂的態度。

離開局長辦公室，宜野座搭電梯回到刑事課樓層。征陸早在電梯間等候。

「結果如何？」

「……我們的任務沒有變動，狡噛慎也和槙島聖護的追緝繼續由我們第一分隊負責，這是局長親自下達的命令。」

「少騙人了，伸元，局長要你休息一陣子吧？」

「…………」

被征陸輕易看穿，令宜野座差點發出呻吟。

「不管是小姐還是你，都不該再繼續和那兩人扯上關係。」

「不由我們第一分隊來搜捕不行！」宜野座大聲吼叫：「只有我們才能更有彈性地應對狀況。在射殺狡噛以前，說不定能勸他投降……」

「我說伸元啊，你從什麼時候變得那麼天真？」

「！」

征陸憐憫的聲音和視線觸怒了宜野座。

「就算成功勸狡投降，他也只會被送進隔離設施並被處決而已。一旦遭我們逮捕，他的生命等於會斷送在我們手上。所以，還不如交給第三分隊……」

「這種事能交給別人處理嗎！」

氣沖沖的宜野座抓住征陸的衣領，將他推到牆上。

「你不是早就猜到他的意圖嗎！不僅不阻止他離隊，還一臉羨慕地目送他離開！為了讓他去殺槙島！」

「…………」

征陸並未否定，宜野座的表情不甘心地扭曲起來。

「這是徹底放棄任務的行為，不，甚至是幫助犯罪。不管口頭上怎麼辯解，一樣瞞不過主宰者。要我當場測量你的犯罪指數嗎？混蛋！」

宜野座放開征陸，揍了牆壁一拳。

「你們這些傢伙，一個個拋下我……不管是你還是狡噛，就這麼想當正義的使者嗎！」

「不是為了正義，是執迷。」征陸斷然說道。「就像在坡道上滾動的球。即使知道還有其他更聰明的人生方式，我們依舊只能這麼做。若背離了這種執迷，等於是否定自己過去累積至今的一切。這種瞬間是存在的啊。」

征陸深吸一口氣後，嘆了一聲接著說：

「如果狡嚙在這種狀況下選擇乖乖放棄，他根本不會變成執行官。這是他賭上人生一切的選擇，誰有資格阻止？」

「這就是……你們這些執行官的志氣嗎？」

「不是身為執行官才這樣，這是男人的志氣。」

「多麼迂腐的說法。既然如此，我也有我的志氣。我一定會親手阻止狡嚙那個笨蛋，任誰怎麼說也沒用。」

撂下這句話後，宜野座背對征陸離去。

「

雜賀的書房一片雜亂，論文影本或舊書、過時的DVD-R堆積如山，成堆的資料塞滿了填滿牆壁的書櫃。桃花心木的桌子上有一台看似老舊卻性能優異的電腦，雜賀正在操作。狡嚙站在他背後，一同注視螢幕。

雜賀連上狡噛從未去過的匿名討論區。使用者在此建立討論串，各式各樣的討論以樹狀方式展開。

「請問……這是什麼？」

「匿名討論區。」

「沒使用虛擬人物耶。」

「這是很老式的匿名討論區，由好幾個海外伺服器營運。」

「海外伺服器！」狡噛不禁失聲大叫。

「簡直像在住家附近看到絕種生物般的驚訝方式呢。其實海外還是有伺服器，所以才沒被希貝兒先知系統盯上。使用這個匿名討論區的都是過去的知識分子，像是大學教授、新聞工作者、評論家、文學家……這些被希貝兒先知系統甩在一旁的人們。所以只要鬱悶囤積，大家就會上來發洩『希貝兒先知系統爛透了，譬如說這裡這裡有問題……』之類的抱怨。或許沒什麼意義，但這種場所還是有比沒有要好。總之在這個討論區發言的話，想追查身分是不可能的。我剛剛在晚餐前先開了一個新的討論串。」

雜賀用滑鼠捲動畫面，顯示他所說的討論串，回應增加了不少。

「其實我使用的固定暱稱在這裡還挺有名的。」

「固定……暱稱？」

「啊，這個詞已經沒人在用，你忘了吧，總覺得有點害臊起來。」

雜賀建立的討論串標題是——

『是否有五天內讓希貝兒先知系統完全瓦解的方法？』

「這是……」

「我依照你的推測，向這群舊時代的智者們徵詢意見，看有哪些能採取的方法。大家似乎都覺得很有趣，提供了不少意見。」

兩人快速地瀏覽回應。

「用你的刑警直覺看看這裡是否有值得關注的點子。」

「可是每個看起來都像亂來的玩笑話。」

「那就找你覺得最有趣的玩笑吧。狡噛慎也和槙島是很類似的兩人，相信你的靈感。」

「…………」

狡噛一語不發地請雜賀捲動畫面。「攻占發電廠」、「毒氣恐怖行動」、「將機密洩漏給外國」……各式各樣的點子流過他腦中。

「……請等一下！」

「怎麼了？」

「我看到一段令人在意的文章。」

狡嚙指著螢幕，上頭寫著——

『我想如果要讓希貝兒先知系統瓦解，破壞糧食自給制度是最快的。』

雜賀點開那串討論的子目錄，底下進行著非常熱烈的討論。

『糧食不足能造成希貝兒先知系統瓦解？』

『現在這個國家餐桌上的食物，有百分之九十九是以特種燕麥為原料的加工食品。這是號稱世界最強的基因改造穀物，這個國家只靠這種東西就能生存。』

『失去多樣性的大量「單一種」嗎？原來如此，若能找到某種致命的缺陷，一口氣使之全滅也不無可能。』

「我猜槙島的下一個目標就是這個。」狡嚙說。

「破壞糧食自給嗎……」

「是的，我看到討論才知道還有這招。」狡嚙退後幾步，離開雜賀身旁，雙手盤在胸口說：「農作物、生產制度、基因改造……有這部分的資料嗎？」

雜賀咧嘴一笑。

「交給我吧。」

狡噛開始搜尋書海，雜賀則是從電腦中一份接一份地將資料列印出來。

兩人花了好幾個小時檢視大量資料。

雜賀翻動列印資料說：

「……人口銳減和希貝兒先知系統的完成、在內戰與大暴動後復興工作不易進行……這些條件無可避免地導致人口集中於單一大都市的狀況。可是就算能讓人移動，也沒辦法讓土地移動，因而不得不仰賴全自動系統來經營農業和畜牧業。」

「為了使希貝兒先知系統得以運作，日本進入了所謂的第二次鎖國狀態。」狡噛說：「豐富的糧食是斷絕海外交流的絕對條件。」

雜賀用中指推了推眼鏡說：

「為了達成此一目標，研發出來的就是這種強力基因改造農作物——『特種燕麥』。同樣的耕地面積能收穫數十倍的燕麥，『糧食危機』這個名詞從這個國家的字典裡消失了。」

「大量投入農業多隆，種植特種燕麥，並投入能對抗疾病與害蟲的良性病毒。」

「北陸地區現在變成徹底無人的穀倉地帶……」

「倘若槙島盯上這裡……」

「只要給予農作物致命的傷害，槙島的目的就能達成。」狡噛的雙眼彷彿瞪著不在現場的某名男子。「……只要能瓦解糧食自給體制，日本就不得不重新向外國進口糧食。但長期以來，日本和外國斷絕交流已久，開放進口必然會帶來劇烈改變。」

「而且會因為糧食不足，使得日本國民整體的犯罪指數上升。」

「若是開放糧食輸入，國境警備系統無論如何就得放寬，會開始流入海外難民。犯罪指數的測定本身也許會因此失去意義。為了實現這點……需要專家的力量。所以，槙島現在……」

「到此為止吧。」雜賀說。

「咦？」狡噛對於恩師突然喊停感到困惑。

「接下來你自己思考，狡噛。」

不知不覺間天亮了，已經是清晨。狡噛在雜賀家前面的停車場，抱著頭盔跨坐在機車上，雜賀在一旁送別。

「公安局應該很快會查到你來這裡的事。」雜賀微笑。「他們絕不是無能的集團。」

狡噛苦笑說：「這點我可以保證。」

「因此我不久就會被逮捕。假如邊測量數值邊逼問我，我也沒辦法說謊；說不定還會被迫吞下自白劑，將所知一五一十地和盤托出。所以從現在起什麼都別說，把資料拿走吧。」

「……真的給您添麻煩了。」

「別在意，這是我不參與社會、離群索居的報應。」

「雜賀老師，我有一個唯一的請求。」

「什麼？」

「請您珍重自己的生命。」

「…………」雜賀臉上的微笑消失。

狡嚙接著說：

「倘若公安局對您提出條件，請您一定要一口答應。『與其當個執行官，寧可被處決更乾脆』……這種決心雖然高潔，卻不負責任。」

「……簡直像讀心術，你是怎麼辦到的？」

「當然是觀察力和邏輯思考啊，雜賀老師。」

說完，狡嚙戴上頭盔。

8

在只點了一盞燈的刑事課大辦公室裡，只有朱留著，正在用自己的電腦整理情報。她以顯像方式顯示出都內地圖，將街頭掃描器等維安系統的修復程度製作成圖表，但就是想不出搜查的切入點。

「狡噛先生到底去哪裡……」

朱忍不住自言自語。

肩膀僵硬痠痛，朱在這種時候總忍不住考慮把脖子和肩膀的肌肉全換成人工的。反正辦公室裡沒有其他人，朱大聲喊叫，把身體靠在椅子上，身體整個往後仰，大大地伸展雙臂。

——執行官的行動範圍有限制。

所以狡噛去了朱也知道的場所的可能性很高。

朱想，來模仿狡噛的做法吧。執行官是潛在犯。為了推測高犯罪指數者的思考模式，就必須依靠高犯罪指數的人來進行搜查——這是執行官制度基本中的基本。朱的犯罪指數並不高，但只是模仿的話——不是深深地潛入水中，只在淺灘用蛙鏡確認的話……

『……有個深不見底的黑色沼澤。』

突然間，狡噛的聲音在腦中復甦。

『想調查沼澤，就必須潛進去……』

朱靈光一閃，整個人趴向前。

「……雜賀教授的家……？」

朱立刻操作電腦，叫出雜賀家的周邊情報，但在搜索時電腦突然當機，只顯示出雜訊。

「糟糕……怎麼在這種緊要關頭壞了！」

朱取出行動裝置，選擇宜野座的郵件位址，裝置卻顯示「訊號微弱」。

「……咦？」

她也開啟室內其他電腦測試，可是全都沒有反應。

朱有預感某種異常事態將要發生，立刻站起身，警戒周圍。

——大辦公室的出入口傳來聲音。

朱回頭，裝備運輸多隆緩緩接近。多隆應該不會對監視官造成危害——朱保持警戒，但沒有逃跑。多隆來到她面前，打開貨物收納區的蓋子，露出主宰者，似乎在催促朱將之拿起。

「…………」

朱緩緩地從多隆內部拔出主宰者。

主宰者立刻啟動，指向性機械語音傳入朱的耳裡。

『常守朱監視官，我會告訴妳一切真相。』

不是平常的平板語氣，而是帶有抑揚頓挫、明顯具有意志的話語。

第二十章　正義之所在

1

朱在裝備運輸多隆的帶領下，前往厚生省本部九連大樓，直接朝著地下四樓前進。多隆引領她來到滕消失的機械室的通道死路，本以為這裡只有厚厚的水泥牆——突然間，朱眼前的牆壁動了起來，原來那是經過偽裝的分隔牆。他們明明仔細調查過卻什麼也沒找到的原因，是分隔牆採用了能阻絕電磁波與音波的防護材質。分隔牆後方有一條通往地下的通道與階梯。

『請進吧。小心腳邊。』主宰者的聲音指引她。

朱慎重地走進祕密通道。

——這是怎麼回事？

滕也有找到這個通道嗎？換句話說，先找到的應該是槙島的部下吧？槙島的部下打開分隔牆，滕跟著潛入——這麼猜測的話，一切就很合理。

只不過，假如真是如此——消除證據的人，除了厚生省以外別無可能。

朱有很不妙的預感。接下來的事態發展，很可能是她所能想像的最糟情況。

亦即「厚生省絕不是盟友」的事實。

「……究竟要帶我去哪裡？」

主宰者回答朱的疑問：

『待會兒妳將抵達世界的頭腦，也是心臟部位的所在之處。』

「……世界的中心？」

『不，是世界本身。』

朱從樓梯的欄杆往外探出身子，凝視底下如地獄般的幽暗深淵。

2

——襲擊厚生省失敗的話該怎麼辦？

槙島並沒有愚蠢到沒準備備案。

早在泉宮寺或王陵璃華子仍活著的時候，槙島就已做好準備。

槙島在崔九聖生前建立起一套系統，能從行動裝置確認街頭掃描器或監視器的位置。他利用這個系統，趁希貝兒先知系統尚未完全復原的時機，襲擊一名叫管卷宣昭的老人他家。

「雖說退休已久，但就一位引導解決我國糧食問題的功勞者來說，你的生活似乎過於簡樸呢，管卷博士。清貧是種美德，但我認為應該多留心居家安全比較好。」

管卷的表情顯露出極度的痛苦和恐懼，他完全嚇破膽了。這不奇怪，因為他現在被緊緊綁在椅子上，而槙島手裡拿著一把銳利的剃刀。

「特種燕麥之所以具有強大的抗病能力……是因為事先讓農作物感染能擊退各種病原菌的防禦病毒。提出這項計畫的就是你，對吧？」

管卷拚命點頭。

「現在每年仍針對可能感染的病原菌持續更新，維持滴水不漏的對策來保護特種燕麥，這就是……『倉稻魂』病毒系統。」

槙島用手指撫摸剃刀刀刃，愉快地走近管卷。

「你任教過的出雲大學現在雖然廢校了，設施本身卻仍做為病毒供給中心持續運作。所有工作都自動化，只要在農水省（註7）的終端機輸入資料，就會自動更新能對抗新流行病的防禦病毒，並運送到全國農地去。我想知道的是，如何進入你的老地盤的方法。另外，你應該也握有手動操作控制器以改變防禦病毒攻擊目標的密碼吧？這是你花費一輩子的研究，別騙我說你不知道。」

槙島發出咻咻的聲響甩動剃刀，一刀劃開管卷的臉頰。表皮翻開，綻露肌肉，幾乎快裂穿到口腔內側。

「！」

「我不喜歡用這種掃興的手段，但沒時間了。為了彼此好，我想快點結束這段令人不愉快的時間，好嗎？」

市川市的高級住宅區，狡噛將機車停到不起眼的小巷裡。他背著大型背包，戴著頭盔。狡噛在雜賀家查到這個住址。在他面前有道高牆，管卷宣昭的家應該就在牆後面。

註7：日本的中央機構，農林水產省的簡稱，掌管農業、林業、水產業等。

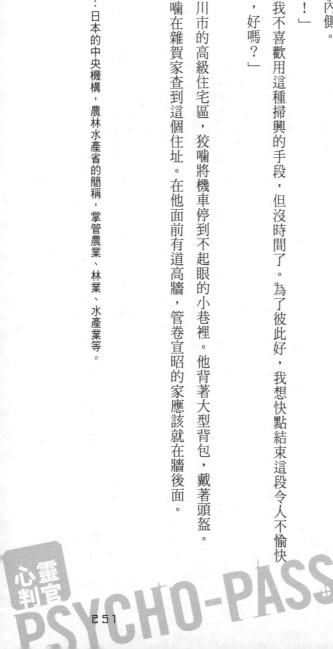

狡噛沒脫下頭盔，輕巧地翻過圍牆。房屋結構很單純，是屋頂有太陽能系統，並備有家庭用多隆的高機能住宅。狡噛立刻發現所有多隆都沒有啟動。

「保全系統被關掉了……」

狡噛脫下頭盔收進背包裡，拿出手槍接近房子。覺得事有蹊蹺的他繞往正面大門。正門沒上鎖，感應器感應到他而自動開門。狡噛沒脫鞋，直接走入房子裡。

一進起居室，管卷的屍體立刻映入眼簾。

「……唔。」

管卷屍體的脖子被剃刀割開，眼睛被挖了出來，手指全被砍斷，身上到處可見捆綁及刑求的痕跡。

「晚了一步……他的行動真快。」

狡噛接著探索室內，單手拿著手槍，毫不鬆懈地依序調查寢室、書房與浴室。理所當然的，槙島早已不在，也沒有設下陷阱。暫時確保安全的狡噛擅自打開冰箱，喝了寶特瓶裝的礦泉水，並將冰涼的營養補給果凍與人造肉臘腸塞進嘴中，填飽轆轆飢腸。飽餐之後，他抽出書房裡的書桌抽屜，翻倒過來，並搜找書本、啟動電腦，搜尋情報。

3

——狡噛對我有何想法？

宜野座思考著這件事。照狡噛的性格看來，他恐怕對槙島以外的人什麼興趣也沒有吧。這種可能性很高，所以才會毫無所感地自甘墮落為執行官，又毫無所感地背叛公安局。

宜野座曾把狡噛當成夥伴，視他為獨一無二的摯友——可是，這一切只是宜野座一廂情願的想法。雖無法一窺狡噛的內心，但若非如此，狡噛不可能如此任性地做出這種事，因此，這種想法肯定沒錯。

自佐佐山被殺的瞬間起，一切都結束了。

——即便如此，還是想要拯救他。

——如果辦不到，至少想親手殺了他。

宜野座進入大辦公室。室內有征陸和六合塚，朱並不在。

「……常守監視官去哪裡？」

「今天早上還沒看到她。」征陸說。

「根據紀錄，」六合塚確認刑事課專用的電子留言版說：「局長似乎找她出去。」

宜野座有不好的預感，皺起眉頭。

「……為什麼局長會找她？」

「不知道。」征陸也一臉疑惑地說：「而且無法理解的是，為什麼要特地約她去公安局外……？」

這時，刑事課的廣播響起：

『市川市大洲傳來通報，居民目擊到戴頭盔的可疑人物。請值班監視官伴隨執行官，立刻前往現場。』

「是狡嚙。」征陸一口咬定。

4

地底，戒備森嚴的聖域。

朱被招待到希貝兒先知系統中樞區域。

宛如無菌室般煞風景的寬廣空間，大量包裝起來的「腦」整齊劃一地配置在此。除了禾生以外，還有各種模樣的全身義體陳列著。這幾十具機械義體的頭顱打開，顱內空無一物，躺在專用的充電座上。機械臂將包裝起來的腦搬運過來，裝設在義體的頭部。

『——妳現在所見到的就是希貝兒先知系統，也就是我們的真面目。』

主宰者說明完畢。

看到平行連接的腦莢艙和在搖籃裡待命的高級官員們的全身義體，朱的身體止不住顫抖。

她震驚了好一陣子，接著是憤怒。

「……阿滕死在這裡對吧？被你們殺了？」

朱透過主宰者和希貝兒先知系統對話。

『衡量滕秀星一生對社會的貢獻和洩漏希貝兒先知系統機密的危險，我們判斷後者造成的影響更為重大。』

「別開玩笑了！」朱眼眶濕濡，激憤地大喊：「哪裡重大！不過是連槙島都沒辦法審判的廢物！」

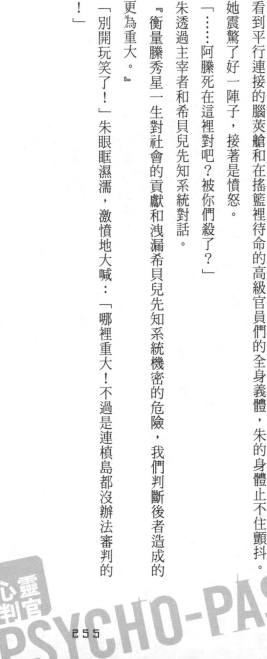

——滕秀星。

什麼「對社會的貢獻」嘛，開什麼玩笑。

即使是現在，朱仍無法相信滕是個潛在犯。

『妳說得沒錯。無法被希貝兒先知系統分析出心靈指數的免罪體質者的誕生難以避免。不管構築出多麼縝密且牢靠的系統，超脫系統的非正規者總有一定數量會出現。』

「什麼完美的系統，別笑掉人的大牙。民眾的生死居然是由這種東西決定……」

『單純改善系統並複雜化的話，無法期望永恆的完美。因此我們不朝性能面發展，而是從運用方法上來解決矛盾。容許這些無法納入系統管理的非正規者出現，並追求共存的手段，系統便能獲得實質上的完美。』

「什麼意思？」

『將系統委交給這群跳脫系統的人營運即可。這就是我們所得出的最合理結論。』

「！」

『我們過去仍具有個別的人格和肉體時，全為不受希貝兒先知系統管理的免罪體質者，當中還存在不少個體做過比槙島聖護更殘忍的行為。』

朱對這群整齊排列的腦再度露出恐懼的眼神。

「原來……管理這個世界的……希貝兒先知系統……是大量壞蛋腦袋的怪物集合體嗎？」

難以置信的巨大謊言。

相較於不穩定、慾望深厚的人類，更值得信賴、絕對理性的系統——明明人們是如此期待希貝兒。

『只有排除善惡的相對價值觀，才能確立絕對的系統。人類需要的是完美無缺的系統，至於那是由誰、以何種方式營運，只是無足掛齒的小問題。』

「別說笑了……」

『只要是真正完整的系統，就無須討論營運者的意圖。我們希貝兒的意志本身就是系統，也是超越倫理的普世價值基準。』

「你們以為自己是誰啊！」

『組成希貝兒的個體人格在過去有許多問題是事實，但在與全體的精神統合、調和之後，個體的特性平均化，做為集合潛意識的體現，獲得了普世價值基準。

倒不如說，構成分子的個體方向性愈偏頗特殊，愈能帶給我們全新的想法和價值觀，使思考能往更柔軟多元的方向發展。就這點而言，槙島聖護的特殊性是極為寶貴的案例，我們期待他能成為引導系統更為進化的構成者。

實現消弭一切矛盾與不公平的理性社會，這是所有人類的理性所追求的究極幸福。自系統變得完美無缺的那一刻起，希貝兒將會成為體現此一理想的存在。』

「……為什麼要對我說這些？」

『妳現在對我們抱持生理性的厭惡與情感性的憎恨，卻仍未否定希貝兒先知系統的意義和必要性。而且做為一種大前提，妳肯定失去了希貝兒就無法維持現有社會秩序的事實。我們對於妳比起正當性，更重視必要性的價值基準予以高度評價。』

「明明為了守護祕密……殺死阿滕了。」

『常守朱抱持與希貝兒先知系統相同的目的，因此，我們認為妳揭露我們的祕密、使系統陷入危機的可能性極低。』

「別小看我！你們……你們……」

淚水和鼻涕堵塞了話語，朱高高舉起主宰者，想一口氣摔在地上。

但是——

『再跟妳確認一次，常守朱，妳期望的是希貝兒先知系統不存在的世界嗎？』

「…………」

就算摔下主宰者，對「對方」也完全沒有影響。

朱咬著牙思考——希貝兒先知系統不存在的世界？

從出生以來一直相信的事物，現在突然要她捨棄——

『沒錯，這是個無法貿然同意的問題。妳在腦中勾勒的理想，並沒有明確穩固到能否定現在這個時間點所達成的社會秩序。妳明白現在這個和平社會，與市民的幸福和秩序所帶來的安寧，是比任何一切都重要的事物。因此，不管妳怎麼憎恨或否定做為其基礎的希貝兒先知系統，也絕對無法拒絕。』

「……別自以為是地分析我的想法……」

『只要分析聲像掃描的反應，就能徹底掌握妳的思考。不論是妳真摯的內心話或經過一番內心糾葛後的結論，在我們面前都一覽無遺。放棄虛張聲勢，開誠布公地和我們對話吧。這場面談的目的，不是為了給妳屈辱，而是想和妳構築合作關係。』

「……合作？」

哭泣與憤怒後，朱露出空洞的表情。

『刑事課第一分隊目前陷入危機，狡噛慎也的失控和宜野座伸元的消耗使得團隊開始顯現功能不全的徵兆。若無新的領導者掌握搜查主導權，勢必無法繼續追緝槙島聖護。』

「宜野座先生……消耗？」

消耗——是指犯罪指數惡化嗎？

『常守朱，過去的妳內心有許多糾葛，使得妳無法發揮原本的潛在力量；對狀況的理解不足，也使妳的判斷力遲鈍。因此，我們採取特別處置，對妳公開希貝兒先知系統的真相。因為我們判斷讓妳知道真相，是給予妳這名人物動力的最佳方法。』

朱用手背擦拭眼淚。

丹田和眉頭用力——現在必須更振作一點才行。

以為是神的系統原來是怪物。

而且是自己絕對無法打倒的怪物。

朱下定決心——即使打不倒它，也絕不能屈服於這頭怪物之下。

『常守朱，妳也反對對槙島聖護動用私刑。妳和我們在應該避免基於情感造成無謂犧牲這一點上的價值觀是共通的。』

「我只是認為應該正確地審判槙島的罪行而已。你們也一樣，如果有犯罪前科，就該受到相應的懲罰。」

『我們是構成現今這個理想社會型態的基礎。我們對社會的貢獻，做為對過去傷害的補償，已過度充分了。』

「……還不都是你們自己在講。」

『讓槙島成為我們的構成分子，就能讓他替自己贖罪，為公眾帶來更多利益。』

朱咬緊牙關，收起憤怒說：

「我有一個條件。」

『說吧。』

「如果我能活捉槙島回來，你們要保證狡噛慎也的生命，並取消他的處刑指令。」

『這個提議在理論上不具等價性。』

「你們的理論我一點也不在乎。如果狡噛先生活不成，我也會坐視槙島被殺，視情況我甚至會親手殺了他，你們準備在一旁跳腳吧。」

希貝兒陷入緘默，朱接著更挑釁地說：

「再不然，大可以把不聽話的我當場殺死啊。有什麼關係呢？就像殺死阿縢一樣殺了我吧，反正你們還是可以去找下一枚棋子。」

『……我們了解了，只限在確保槙島聖護平安無事的情況下，我們同意對狡噛慎也採取特別處置。』

5

朱和雪、佳織圍繞著面向人行道的露天咖啡廳的桌子而坐。

雪用自己的行動裝置確認現在時刻，十一點五十七分。

「再過三分鐘，我的未來就要確定了嗎？嗚嗚……」

雪憂鬱地抱著頭。

「阿雪，妳最終考察的分數真的有那麼慘嗎？」佳織問。

「真的爛透了～我實在不敢去想未來只剩什麼爛工作等著我……」

「假如是沒有希貝兒診斷的時代，我們就得毫無保障地自己選擇未來職業喔。」佳織一面說一面戳戳雪柔嫩的臉頰。「現在比起是否幸福只有天知道的過去已經好很多了。希貝兒先知系統會告訴我們，選擇什麼職業才能獲得最大的成功。」

「佳織，妳好像能拿到好幾種職業適性嘛？真好啊～就職的公司任君挑選～」

「比起朱還差得遠呢……她的最終考察分數居然拿到七百分耶，妳敢相信嗎？」

佳織的話讓朱覺得不好意思。

「我向來只是考試運比別人好一點而已……」

彼此互看一眼後，佳織和雪嘆了口氣。

「依照朱的考察分數和心靈指數，毫無疑問一定能進政府組織吧。」佳織說。

「不管哪個職位都能拿到適性吧？妳的人生是彩色的。」雪說。

「沒、沒這回事啦……」

三人手中的行動裝置時間顯示為正午，「厚生省希貝兒先知系統訊息——職業適性診斷・結果通知」的電子語音也同時響起。

「啊，來了！」雪高聲說道。

戴在手腕上的行動裝置投影出複雜的成績表。

三人神色緊張地確認內容。

「啊……第一志願是F判定……不推薦嗎……果然是這樣……」結果令雪深受打擊，立刻露出哭喪的表情。「成績最好的是健體顧問，C判定嗎……唉～」

「別哀怨了，妳不是喜歡能活動身體的工作嗎？哪像我適合的都是事務性工作，接下來很難升格了……」佳織也是一臉憂鬱地說。

「……朱的成績怎麼樣？」雪問。

佳織和雪探頭確認從朱的行動裝置投影出來的顯像圖表。

「哇！好厲害！中央機關全部都拿到適性了嘛！」雪驚訝地說。

佳織也睜大雙眼，喃喃地說：

「妳這分數也太驚人了，連公安局都拿到適性……」

朱不知該謙遜還是高興，表情僵硬地說：

「可、可是啊……全部都拿到適性的話……反而不知道挑什麼才好……」

「誰知道啊……像我這種人哪有可能知道。」

突然間，不是雪也不是佳織的聲音插嘴。

在原本佳織所坐的位置，不知何時變成縢。

「妳什麼職業都能選、什麼人生都能過，居然還為此煩惱。太厲害了，簡直像希貝兒先知系統誕生前的古老故事一樣。」

腦海中浮現記憶中縢的聲音，朱這時才發現自己正在做夢。

「聽說以前的人們必須自己決定自己的人生，並負起責任。」

「……嗯，很厲害呢。」

和縢相處的時間不算長，跟他也只有幾天沒見面，心中仍不肯承認他已經死了，總覺得他哪天又會悄悄回來。即便如此，光是像這樣在夢中重逢，就讓朱眼泛淚光。

「……過去曾經存在不管任何人都必須理所當然地親自選擇自我未來的世界。」

「想到就讓人發毛。哪像現在有希貝兒先知系統幫忙發現人們的才能，告訴人們最幸福的生活方式。真正的人生？誕生在世上的意義？我想都沒想過竟然會有人為這種事煩惱。」

「沒錯，這種煩惱很沉重，也很痛苦。但是……我現在覺得能夠煩惱這些，反而是件非常幸福的事。」

「每個人都毫不懷疑希貝兒幫忙決定的未來，囫圇接受地過活，將之視為理所當然……若非如此，根本沒辦法接受自己的人生吧？像我，五歲時沒通過心靈指數的檢查，之後一直被當成潛在犯對待，沒有治療更生的可能性。所以我才會在這裡，因為與其一輩子住在隔離設施，不如當公安局的獵犬、幹殺手般的工作還愉快一點。除此之外，我沒別的路可走。」

「這並不是理所當然的，我們不應該放棄這種選擇。即使什麼都無法改變，也不該裝作視而不見……必須不斷不斷思考什麼是對的，什麼是錯的。」

朱移動視線，原本雪的位置上突然換成悠然微笑的槙島。

「我認為，人只有在基於自我意志行動時才具有價值，所以我才會質問隱藏在人們心中的真正意志，並觀察他們的行動。」

「你說的沒錯，我現在多少能體會你的心情了。」

「問題是，我們這個社會該基於什麼標準來定義犯罪？根據掌控著妳手上那把槍——主宰者——的希貝兒先知系統嗎？」

「……確實不應該，那基本上就是個錯誤。」

「分析用聲像掃描所讀到的生體力場，來解讀人心的型態……科學的智慧總算揭開了靈魂的祕密，使得這個社會劇烈改變。但是希貝兒的判定裡，卻不存在人的意志。你們究竟是以何為基準來區別善惡呢？」

「……我想，重要的並非什麼是善、什麼是惡的結論，而是必須由自身背負起價值判斷，深自煩惱，並接受它們。」

「我想看人類靈魂的光輝，想確認那是否是真正尊貴的事物。但是，從不自問自我的意志，只聽信希貝兒的神諭而活的人類，真的有那個價值嗎？」

「怎麼可能沒有？難道是由你決定價值嗎？決定某人的家人、朋友，你所不知道的幸福的價值……」

一晃眼，座位上的人物又恢復成佳織和雪。

「朱，妳認為我幸福嗎？」

雪露出天真開朗的笑容問。

「……妳也能幸福的。只要活著，任何人都……」

行動裝置的來電鈴聲闖入夢中世界——

在巡邏車中打瞌睡的朱醒了過來。在從厚生省回公安局的路上，朱的車子正以自動駕駛模式行駛。手上行動裝置的來電鈴聲響亮，朱連忙接聽。

「喂，我是常守。」

『妳到底去哪裡？在這麼緊迫的時候……』

「啊，呃……局長命令我送東西去厚生省。」

宜野座忿忿地咂了聲嘴後，接著說：

『市川發生殺人事件，現場找到狡噛的指紋，妳快點過來。』

「我明白了，立刻趕去現場。」

朱將行動裝置收到的住址輸入汽車導航系統。

巡邏車亮起緊急燈號，開始加速，變換車道，以現場為目標直奔而去。

6

市川的高級住宅區，前農學博士管卷宣昭的住處。

朱在移動中簡單確認被害人的經歷，一進住宅立刻見到宜野座、征陸、六合塚與大量小型鑑識多隆聚集在老人──管卷──的屍體旁。

「太慢了！」宜野座不耐煩地大吼。

朱突然感到不安──宜野座的消耗。

「對不起……狀況如何？」

「附近居民通報說看見戴頭盔的人在這附近出沒。」征陸說明。「我們立刻趕來現場打聽情況，發現只有這間房子的保全系統被關掉。一踏入房裡，就發現這種慘狀。」

「被害人叫管卷宣昭。」六合塚說：「過去曾在農水省管轄的研究所上班，很久以前就退休了，現在只是個領年金度日的平凡老人。」

朱蹲下，仔細觀察屍體。

「……脖子上的傷痕和船原雪被殺害的時候一模一樣，也許是槙島動手的。狡噛先生發現這名老人和槙島的下個計畫有關，馬上趕到現場卻遲了一步……」

朱的發言令宜野座等人多少顯露出驚訝。如果是以前的朱，看見被剃刀割開喉嚨的悽慘屍體恐怕無法如此冷靜。但如果是以前的朱，也沒辦法拯救狡嚙。還是個「新手監視官」的話，會被那頭怪物擊倒。必須在短時間內急速成長，而且必須有意識地這麼做。

「狡嚙果然比我們早到一步。」宜野座說。

「話又說回來……現場被翻找得可真徹底。」征陸搔搔頭說。

「但是他留下了指紋。以狡嚙先生而言，犯這種錯未免太不小心。」說完，朱站起身，沉思半晌。「狡嚙先生目前最不希望見到的事態發展是什麼？」

「讓槙島成功逃亡。」六合塚說。

「那第二不希望的呢？」

「在解決槙島以前，先被我們逮到……？」征陸說。

「沒錯，就按這個順序來思考吧。」

朱再次環視殺人現場：被破壞的筆電、被亂翻的檔案櫃，洗碗槽裡留下紙本文件被燒毀的痕跡。

「狡嚙基於獨自的調查，發現管卷宣昭和槙島的關聯性。他明顯掌握到我們不知情的情報。」宜野座不愉快地說：「所以才會做這些湮滅證據的行為。」

「……假如說，先到現場的狡噛先生把屍體藏在某個不容易發現的地方呢？」

「什麼意思？」宜野座不明白朱這麼問的用意，不禁反問。

「假如我們誤以為管卷博士行蹤不明，繼續朝錯誤的方向搜索，狡噛先生就能順利拉開差距……想爭取時間的話，這麼做是最好的，狡噛先生卻沒有這麼做。」

「…………」

「狡噛先生……不是那種過度自信的人。我認為他是故意留下線索，這樣一來，萬一他失敗了還有別人能阻止槙島。問題在於我們是否能發現那個線索……」

朱凝視著屍體——線索。

「……狡噛先生在測試我們是否會為了追蹤槙島，和他有著相同甚至更強烈的執著……沒有這種覺悟的人，在這裡被絆住就會晚了一步。」

朱對身旁的鑑識多隆下達指令：

「集中掃描喉嚨和雙眼的傷口，看能找到什麼線索。」

收到命令後，多隆以雷射與電磁波照射屍體頭部，進行調查。

『被害人氣管內部檢測到金屬反應。』機械語音說。

朱從裝備運輸多隆中取出乳膠手套戴上。

「喂……交給法醫吧。」征陸說：「讓驗屍多隆系統……」

「這就是狡噛先生爭取時間的方法。想追上他，就要現在立刻……」

朱用戴手套的手指插入屍體的喉嚨裡，宜野座不禁皺眉。

雖被割斷，喉嚨內側還是有肌肉的阻礙。喀，似乎碰到某種硬物，朱的手指碰到的是喉結——甲狀軟骨——的內側。朱的眼神極度冷靜，她將手指插得更深一點，在喉嚨傷口中探尋，搜出一個沾滿血汙的小塑膠袋。

「掃描這個，蒐證後洗乾淨。」

朱將塑膠袋交給鑑識多隆，下達命令。多隆將殘渣收集完畢並洗淨。把血汙洗乾淨後，發現套在袋子裡的記憶卡。

朱換上新手套，從袋子裡取出記憶卡，裝進行動裝置。

「是語音資料。」

聲音被播放出來。

『……我是前執行官狡噛，這是留給不久之後趕來的公安局刑警的訊息。』

「那傢伙……」宜野座呻吟般地說。

『……被害人是前農學博士管卷宣昭，特種燕麥疾病對策的防禦病毒的開發負責人，可說是使日本完全糧食自給的最大功臣……槙島聖護為了摧毀穀倉地帶，從管卷宣昭口中問出某種點子並殺了他……屍體的眼睛被挖出，所有手指的第二指關節以下全被切斷，我猜這麼做是為了突破某種保全系統。那很可能是一座不用聲像掃描，仍仰賴舊式生體認證的老舊設施。管卷的研究團隊使用過的出雲大學的研究室可能性很高……那裡現在轉為病毒配給中心。槙島的下一個目標，想必就是這裡。』

語音檔在此結束。

「生化恐怖攻擊……我們也快趕上吧，現在一定還來得及。」

「

灰色的冬日，天空高掛著彷彿以牙刷掃出的薄雲。

讓人聯想到海洋的浩瀚麥田在天空底下無限擴展。

太陽斜斜落往地平線，夕陽的光芒有如過熟的果實汁液般染紅了麥田。

麥田穗浪在微風中擺盪，響起退潮般的聲音。麥穗像是微生物纖毛一樣輕顫。悠揚而淡漠的黃昏空氣滲透到每個角落。

陽光不怎麼強烈，有時卻會讓人覺得麥田全部都燃燒起來似的。

一名男子——槙島——神清氣爽地走在田間道路，滿足地呼吸新鮮空氣。

——巨大穀倉地帶。

槙島的目的地是一座聳立的巨大建築，特種燕麥用的防禦病毒生產工廠。

工廠出入口有警備多隆和監視器緊盯著。要破壞多隆並不難，但出入口的大門緊閉深鎖，滴水不漏猶如核能防空洞。果然沒辦法只靠低犯罪指數就闖關，而且現在電子戰的專家崔九聖也不在槙島身邊了。

槙島繞了一圈，來到和工廠相鄰的廢棄研究教育機關。設施門口掛著「出雲大學・農學系校舍」的看板。

「……這麼雄偉的建築物，不使用太浪費了。」

槙島輕巧地翻越圍牆，侵入設施內。

「管卷研究室」位在農學系校舍的一隅，研究室有相關人士專用的進出口，門已經上鎖。

槙島將生鏽、滿是塵埃的控制面板拉出來。

他哼著歌曲，從扛在肩上的大背包裡取出小型冷藏箱，打開蓋子，裡頭收藏著管卷的斷指和被挖出的眼球。為了維持這些器官的生命反應，它們浸泡在盛有與血液相同成分的溶液和氧氣循環裝置的特殊盒子裡。槙島不禁苦笑說：「多麼陳舊的破解方法啊……」

將手指按在面板上進行指紋認證、將眼球貼在鏡頭上進行視網膜認證後，門打開了。

槙島打開管卷研究室的電燈。彷彿骨牌一般，燈光從槙島所在處開始一一亮起。

室內很寬廣，看起來少說有幾十年沒人使用過。槙島走向後方的實驗室，大型研究用冷凍保存庫、全自動基因改造實驗系統、可進行奈米級加工的機械臂等，一應俱全。

「崔九聖在的話，有這些玩具應該很高興吧……」

槙島啟動實驗室的控制台，確認輔助ＡＩ，機械臂彷彿活過來般顫動一下。

「好……該來幹活了。」

8

黑夜籠罩著穀倉地帶。

一輛機車下了高速公路，來到浩瀚麥田前停下。

「…………」

狡嚙快步奔跑在麥田的道路上，右手拿著手槍，左手抱著頭盔。遠方依稀可見宛如幻影般的糧食倉庫、糧食搬運中心與防禦病毒生產工廠。

這附近的麥田導入名為「中樞灌溉系統」的巨型機械，一台能灌溉半徑一公里，其外觀形似巨大天秤。

中樞灌溉系統有和網路連線，也能進行遠端遙控，但基本上是全自動的。

狡嚙抬頭看上方，月亮高掛在空中。

今晚是能誘惑人心的滿月。

狡嚙走著走著，中樞灌溉系統開始灑水，細小水珠彷彿霧一般擴散，在月光下晶亮燦爛。

狡嚙野獸般的眼——宛如滿月時血脈賁張的狼人般的炯亮雙眼，也暗暗閃爍起來。

第二十一章　鮮血的褒賞

槙島帶了一本書外出散步，隨興走在被希貝兒先知系統統治的索然城市，觀察街角風景，和一個又一個凡庸善良的人們擦身而過。

他帶在身上的書是他最喜歡的普魯斯特。

普魯斯特的著作讓槙島體會到細節能使人生更顯光輝的道理。他認為特別精彩的是《追憶似水年華》的第七卷〈重現的時光〉。

『老年和死很相似。』

『有些人毫無所感地挺身與老年和死亡對抗，那並不是因為他充滿勇氣，而是因為他缺乏想像力。』

這幾個段落讓槙島想起得到良性壓力缺乏症、躺在床上無事可做的患者們。

『人們唯有否定所愛，才能再度創造所愛。我的著作恐怕和我的肉體一樣，總有一天會死亡吧。』

槙島站在街角讀書。

他見到了幻影。槙島的身邊不知不覺間站著其他人：御堂將剛、王陵璃華子、藤間幸三郎、泉宮寺豐久、崔九聖——槙島每眨一次眼，身旁就少一個人；等最後連崔九聖也消失後，槙島又變得孤零零的。

『但是，我不得不承認萬物終將一死。人們必須接受十年後自己的肉體會消亡，百年後著作也將佚失的事實。不論著作或肉體都不可能永續下去。』

「……因為誕生，只好活著。」

槙島低聲呢喃。

「生殺大權被掌握在系統手中的人們稱不上是人類……只是家畜。不管表面上如何掩飾，畜牧業者永遠不會把家畜當成朋友。我一向感到不可思議，為何人們能忍耐在如此無趣的社會裡被當成家畜，卻從不抵抗破壞？這個世界沒有永遠，只有抵抗者的靈魂光輝。」

回過神來，槙島又回到出雲大學的研究室裡。

而且，狡噛慎也彷彿理所當然地坐在眼前，就連槙島也不由得微微吃了一驚。

「『一粒麥子不落在地裡死了，仍舊是一粒。』」

狡噛念起書的一節。

是《新約聖經》約翰福音第十二章第二十四節至二十五節的內容。

「『愛惜自己生命的，就失喪生命；在這世上恨惡自己生命的，就要保守生命到永生』。」

「…………」

——此時，槙島真正醒了過來。

出雲大學，管卷研究室。

作業告一段落，啟動機械之後……

他趴在桌上睡著了。

槙島自嘲地想，真稀奇，做了奇妙的夢啊。

桌上擺了一本自己帶來的《新約聖經》，他不禁苦笑起來。

「我為什麼會帶這種書來呢……」

1

深夜，公安局直升機機場。

公安局的傾斜旋翼機在轟然巨響中於機場降落。站在旋翼的下沖氣流之中，刑事課第一分隊的成員們——朱、宜野座、征陸、六合塚——衣服或大衣的下襬隨風飄揚。

旋翼慣性旋轉著，傾斜旋翼機的機艙打開，裡頭只有一架多隆待命。四名刑警搭乘入內，艙門關起，朱與宜野座拿起機艙內設置的對講機配戴在身上。朱用無線對講機說：

「請出發吧。」

接到命令後，設置在傾斜旋翼機的駕駛艙裡的自動操縱多隆執行了命令。為了必要時也能由人類操縱，所以特地採用非固定式多隆。旋翼重新加速，傾斜旋翼機從機場起飛。

在乘員空間中待命的是裝備運輸多隆。眾人從多隆的收納區取出電擊棒與緊急野外求生套件，配戴在身上。

「……生化恐攻用的病毒這麼簡單就能製作嗎？」

六合塚回答征陸的疑問：

「作業工程幾乎完全自動化，只要器材還能使用就能製作，畢竟特種燕麥用的防禦病毒本來就很特殊……」

「原以為是守護糧食自給的銅牆鐵壁，沒想到是一把雙面刃。強力的藥品搖身變成強力毒藥。」宜野座說。

朱眼神嚴峻地凝視小小的圓形窗口外。她的眼看似在望著什麼，其實什麼也沒有關注。她的視線所指之處——只有那兩名男子的背影。

2

崔九聖死前曾說：

「我好像沒讀過狄克的作品……做為入門作品，讀哪一本比較好？」

他再次回到槙島面前時，只剩一隻義眼。

——這世上居然有人連一本菲利浦．K．狄克都沒看過就死了。

這個事實令槙島難以置信。明明在這如此無趣的世界裡，有趣的事寥寥可數。

管卷研究室的實驗室裡正在進行全自動代碼更換作業。槙島在閱讀，等候作業完成。

「……『耶穌又設個比喻對他們說』……」

槙島翻頁，面無表情地喃喃唸誦：

「『天國好像人撒好種在田裡，及至人睡覺的時候，有仇敵來，將稗子撒在麥子裡就走了。』」

馬太福音第十三章第二十五節。

狡噛抵達特種燕麥用防禦病毒的生產工廠，工廠出入口有警備多隆與監視器鎮守。

——保全仍在運作，表示槙島不是從正面入侵。

另一個可能性是——出雲大學農學系校舍。狡噛翻牆入內，來到上鎖的門前。附屬的控制面板有最近遭人使用過的痕跡，這裡果然需要手指和眼球才能通過。

狡噛拿起轉輪手槍，瞄準門把。

——不對。

槍聲會打草驚蛇，也會被警備多隆的感應器捕捉到。不僅如此，子彈恐怕無法完全破壞門鎖系統——狡噛放棄，放下槍口。

「……但問題是，」狡嚙不禁喃喃地說出聲來。「似乎也沒有人力能破壞的窗口……」

這時聽見傾斜旋翼機的引擎聲，狡嚙抬頭看向頭上。

公安局——毫無疑問，是朱他們追上來了。

「……喔？」

3

公安局的傾斜旋翼機在防禦病毒生產工廠的頂樓直升機機場著陸，朱、宜野座、征陸、六合塚從開啟的滑動式艙門走出來，各自以行動裝置確認志恩下載並傳送給他們的工廠平面圖。

「該死，未免太大了吧……」宜野座咂嘴。

「畢竟是統括管理要分配給全國農場的防禦病毒的工廠。」朱說。

征陸也略顯傻眼地說：

「這麼大規模的設備，竟然能完全無人地運作。」

「軀體愈大的獵物愈容易被盯上。做為能殺死大鯨魚的毒針，這裡再適合不過……這是很有槙島聖護風格的戰術。」朱說完，行動裝置收到來電。

顯示是狡噛慎也。

「是狡噛先生的來電。」

「什麼！」

「也許他看見我們著陸了吧，他一定也在附近。」

朱多少猜測到狡噛會打電話過來。

「我是常守。」通話開始。

『你們比我預料的來得更快。』

一聽到他聲音的瞬間，朱覺得情感快爆發出來了。總覺得有好些日子沒和他碰面，但其實僅有短短幾天。

朱克制著不停湧現的思念，力圖保持冷靜。

「請別小看公安局，不是只有你能追上槙島的蹤跡。」

『槙島已經在設施裡，我猜他正在使用管卷留在研究室的器材對防護病毒進行調整，也說不定已經完成了。』

「我們不會讓他得逞的。」

『已經沒時間了。在他散布病毒前，必須先讓整座設施停止才行……用公安局的權限，應該能阻斷工廠的電力供給。』

「可是那種情況下，不只工廠的機能，連保全系統也會跟著停擺。這才是狡噛先生的真正目的吧？」

『…………』狡噛的沉默暗示肯定。

「槙島通過生體認證，入侵研究室；你卻被關在外頭，無法對他出手，所以想利用我們解除保全系統，搶先進入殺死槙島。我也不會讓你得逞的，絕對。」

『……槙島想毀掉這個國家。公安局現在的選擇只有一個，就是停掉電力。如此一來這個國家便能得救。』

「我也想救你。我不會讓狡噛慎也變成殺人犯。」

『好吧，就看誰先達成目標。』

狡噛逕自結束通話。

朱對宜野座說：

「能請農水省暫時將這座設施的保全系統權限委交給我們嗎？」

「手續太花時間了，這段時間內說不定會被槙島將了一軍……也許依照狡噛的建議，把整座設施的電力停止才是唯一辦法。」

「切換預備電源的指令已經凍結，接下來只剩關掉來自發電所的電力。」

六合塚催促般地說。

「我想先和各位確認一件事。」朱對其他三人說：「萬一碰上狡嚙先生時，他的犯罪指數超過三〇〇，主宰者啟動實彈槍模式的話……請別立刻開槍，先呼叫我吧。最多只能對他使用麻醉槍。」

「叫妳來有用嗎？」

「我有一張對付狡嚙先生的王牌。放心，交給我解決吧。」

朱回想──在厚生省大樓地下得知希貝兒先知系統的真相後，要搭上車子時，她和主宰者的對話。

「我們接下來要去追捕槙島聖護，你們會幫忙我們吧？」

『當然。』主宰者的機械語音說。

「那麼……你們能讓這把槍解除保險，將功能固定在麻醉槍模式嗎？」

『主宰者基於測量得來的犯罪指數決定執行模式，這是維持現今治安的根基，是不容改變的系統。』

「要和槙島對抗需要相稱的強力武器，我們也必須保護自己。假如無法使用主宰者，只能倚賴更原始的高威力武器。最糟的狀況是，說不定會害槙島死於那種武器。」

『那是你們自身的努力有所不足。』

「……我們的能力有其極限，能確保槙島平安無事的機率終究無法達到百分之百。倘若你們願意在此刻接受這個特例，機率就能改善一點。好好思考什麼才是最佳的判斷吧，你們不是很擅長衡量損益得失嗎？」

短暫沉默後，主宰者發出變得異常的電子語音。

『……即刻起，到槙島聖護被逮捕為止，允許該終端機採用特例模式，維持保險解除狀態．執行模式．非致命．麻醉槍。切勿讓其他搜查官發現此一事實，以最慎重的方式處理。』

「我明白。」

——那個約定應該仍然有效。

朱以看著有毒蟲子般的眼神看著自己的主宰者。

「喂，小姐……」征陸擔心地說：「妳被召喚到厚生省後怎麼好像怪怪的？我不知道妳碰上什麼事，勸妳別背負太多壓力比較好。」

「你擔心我嗎？」

「當然，妳和狡噛那時簡直一模一樣。想不開的監視官有什麼下場，我看得多了。」

「既然如此，就來測量我的犯罪指數吧？」

「喂喂……」

「不必擔心，用主宰者對準我吧，我會以監視官權限消除紀錄。」

征陸不情願地用主宰者瞄準朱。

『犯罪指數．二四．刑事課登記監視官．警告．執行官的反叛行為會被記錄下來，並且報告本部。』

過低的數值讓征陸驚訝地睜大雙眼，朱露出諷刺的微笑。

「現在的我是完全合乎系統期望的人。」說完，她的視線從征陸移往六合塚。「那麼，六合塚小姐，請開始吧。」

「了解，切斷全設施的電力。」

4

出雲大學，管卷研究室。

破壞病毒的準備工作在槙島面前順利進行著，ＡＩ和超級電腦正在對急速培養的病毒進行成分檢查與效果模擬測試。槙島根據結果調整內容，將試管放進離心機進行濃縮與精製。然而——

突然間，所有燈光熄滅，槙島在黑暗中微皺眉頭。

「挺有一套的嘛，公安局。」

他打開隨身攜帶的手電筒照亮手邊，哼起史麥塔納作曲的《我的祖國》中的樂章〈莫爾道河〉。槙島想，史麥塔納真是不錯，特別是他感染梅毒發瘋而死這一點。

槙島將帶來的大背包拋在地上，打開背包從中取出武器——應該說是能做為武器的材料，自製的管狀炸彈與能以壓縮氣體射出釘子的釘槍。槙島愉快地哼著歌，整理待會兒會派上用場的武器。

電源被切斷後，工廠的監視器和警備多隆也全部停止運作，如此一來，就能以手動的防災用緊急旋柄打開戒備森嚴的正面出入口。

「太好了！」

狡噛衝入防禦病毒的生產工廠內。

他在工廠內的通道角落確認手槍的子彈數量，並且為防萬一，把隨身攜帶的小刀收在容易拔出的位置。小刀也是在征陸的藏身所找到的。

防禦病毒生產工廠的最上層。

朱等四名刑警從直升機機場進入工廠內部。

「不管如何，這麼一來槙島的生化恐攻可說是完全失敗了。」征陸說：「假如他有冷靜的判斷力，應該會立刻準備逃亡。」

「是嗎……」朱親身感受到對於槙島，樂觀的推測是絕對無法適用的。「若由槙島過去的行動看來，他的計畫雖然周延，卻不像只會考慮損益得失。」

宜野座眉頭糾結地說：

「難道他到這種窘境還想掙扎嗎？」

「要說他還有手段的話……應該是備用電源吧？我們頂多只是透過外部指令阻止切換至備用電源而已。」

「嗯嗯。」六合塚點頭，對朱的話表示同意。

「假如他去設施內的控制台就可以重新啟動，再次恢復電力的機會只有這裡。」

「中央控制室……要先去設陷阱嗎？」

「慢著，他夾著尾巴逃跑的可能性一樣很高，我們沒時間繞遠路了。」宜野座說。

「……兵分二路吧。」朱提出大膽的建議。「我去控制室，宜野座先生去確認出雲大學的研究室。」

「我和常守監視官一組。」六合塚立刻贊成。「從控制室和本部的唐之杜聯繫的話，就能由我方控制工廠設施的監視器。」

「換句話說，我們這對搭檔就是追捕小組囉。」征陸拍拍宜野座的肩膀。

此一行為令宜野座明顯露出不愉快的表情。

朱和六合塚一起在走廊上奔跑，朝控制室前進。
「……在厚生省發生了什麼事嗎？」六合塚邊跑邊問。
「……我看起來像是有事嗎？」
「現在的妳……明明比任何人都更積極，卻又看似比任何人都更消沉。」
「說得倒是。所有狀況都糟糕透頂，的確讓人很消沉……但繼續原地踏步也無法解決事情。現在除了前進以外，沒有其他路可走。不管多麼微小，至少還有一絲希望。只要別輕言放棄……我就能做為一名刑警堅持到最後。」
「……當初妳這名新手監視官剛來時，我一度以為妳只是個『天真的女孩』，終究無法勝任這份工作，一個月後就會申請調職了。」
「嗯，的確有可能。」
朱靦腆地苦笑回答。
「……但是，我的第一印象錯得很離譜。現在的我敢斷言：我願意把生命託付在妳手上，常守。」
「……妳太看重我了。」

朱和六合塚慎重走進防禦病毒生產工廠的中央控制室。六合塚的武器是電擊警棒，朱的武器則是主宰者。

六合塚熟練地確認每個角落。

「……確認內部淨空。」

「趕上了嗎……？」

「可是槙島真的會來這裡嗎？」

「……對喔。」朱低頭思考。「沒人來的話太奇怪了。」

「咦？」

「狡嚙先生一定能比我更精準地預測槙島的行動……所以說，假如這裡是正確答案，狡嚙先生沒先來埋伏就說不通。總覺得我漏看了什麼重點……」

六合塚再一次確認控制室內。

朱繼續說道：

「槙島從來不在乎自身安危。為了達成目的，他即使把自己當作棄子也在所不惜。他並不是把自己視為革命家。這次的生化恐攻，對他而言一定也只是一時興起、只要厭煩就會捨棄的小遊戲，我不認為他會想盡辦法也要達成。」

「……監視官。」

「犯人逃跑，刑警追捕……這是我們的成見，槙島的看法不同。他……比我們更了解我們現在陷入何種程度的險境……」

槙島的兩次失敗，他自己恐怕也很驚訝吧。

原因是——狡噛——不，不只如此。

這三年來，只憑狡噛一個人什麼也沒達成。

能夠逮到槙島——就結果來說，是仰賴刑事課第一分隊的團隊合作？

所以對槙島而言，現在最重要的目標是——排除今後的障礙。

「！」

朱總算發現犯人的真正用意，不禁倒抽一口氣。

「宜野座先生他們有危險！」

朱和六合塚全力奔跑，不快點和宜野座他們會合不行，總之先從這裡前往研究室再說。兩人走上挑空設計、吊橋般的連接走廊。

「！」進入這裡的瞬間，六合塚的執行官直覺拖住她的腳步。

朱驚訝地回頭問：「怎麼了？」

「小心，這種地形給我很不妙的預感……」

彷彿要證實她的預感，只見槙島站在挑空的上一層樓，低頭俯視連接走廊上的兩人。

「……」槙島啟動筆型雷管，將管狀炸彈拋出。彷彿壞掉鬧鐘的管狀炸彈掉落在兩人眼前，在地上彈跳了幾下。六合塚立刻抱住朱往後撤退，電擊警棒也順手拋下。

「！」

爆炸震撼了周遭一帶。烈火熊熊，爆炸範圍內的所有窗戶均被震碎。管狀炸彈內藏的釘子和鋼珠朝全方位散射。

吊橋般的連接走廊從中間斷成兩截，金屬吱嘎作響，應聲崩落，貫穿走廊內部的電線順勢暴露在外。

在這場混亂當中，渾身是血的六合塚右手抱著朱，左手抓住粗電線做為緩衝，盡可能減緩掉落的速度。

朱和六合塚摔落在挑空樓層的最下層，六合塚被壓在朱底下，發出痛苦的呻吟。碎片紛紛從被破壞的連接走廊落下，撞擊地板與牆壁，發出讓人聯想到巨人腳步聲的轟響。崩塌過了好一陣子才停止，烈火和濃煙依然瀰漫。

槙島從挑空的上方樓層冷眼旁觀爆炸情況。

他彷彿很快就失去興趣般轉身離去，尋找下個獵物。

挑空樓層下方，一直緊閉雙眼的朱總算怯怯地睜開眼，發現六合塚被她壓在底下。六合塚的背上刺著好幾根管狀炸彈射出的釘子與碎片，傷口不斷流血。

「六合塚小姐！怎麼這樣……」朱嚇了一跳，尖聲大叫。

「……妳的傷勢似乎很輕，真是太好了。」六合塚虛弱無力地說，臉色十分蒼白。

「妳為什麼會……」

「這是很合理的判斷。緊急狀況下，只能從『兩人都受重傷』或『只有一個人重傷』當中選擇其一……放心吧，公安局的外套是以特殊材質製成……」

六合塚想爬起來，但傷口劇痛難耐，她忍不住呻吟，撐起到一半就停下動作。

「六合塚小姐！」

「只要進行急救就不會有事。我有求生套件，不會死的。先別管我了，監視官，妳接下來要怎麼辦？」

「什麼意思……」

「很遺憾，我已無法構成戰力，妳在和宜野座先生他們會合前等於是孤軍奮戰。如果在路上碰上槙島的話，就是一對一。」

「！」

和槙島一對一——朱仔細咀嚼這句話的含意與危險性。

「如果無法背負這種程度的風險，就留在這裡吧，沒人會責備妳的，槙島畢竟是個極端難纏的對手。但是，倘若妳還是打算趕去……」

朱的雙眸蘊含堅定的意志。

「謝謝妳，六合塚小姐，我出發了。」

「我就知道妳會這麼說。」

朱跑了出去，她的背影旋即從六合塚的視野內消失。六合塚脫下外套，打開求生套件，以不會被無線麥克風感應到的低音量自嘲地說：

「那女孩……其實是我喜歡的類型呢。」

6

宜野座的行動裝置收到朱的聯絡。

『六合塚小姐現正獨自急救，生命沒有危險，所以我將單獨繼續追緝槙島。』

「等等！別莽撞！」

『敵人的武裝很充實，小心。』

「喂！聽人說話啊！從昨天開始，妳的態度就很……」

宜野座還在說，但已聽不見回應。他不禁咂嘴。

「剛剛的爆炸果然是槙島幹的好事。」征陸說。

「敵人的下一個目標應該是我們……小心謹慎為要。」

「用不著你提醒……就算活到這把歲數，我還是很貪生怕死的。」征陸自嘲，接著說：

「先不提這些了，敵人可能看穿我們的移動路徑，所以我們最好別輕舉妄動，等常守監視官來會合比較好。」

宜野座思忖。

朱她們遭襲擊之處，是最後所能確認的槙島位置。宜野座他們要從現在所在的研究室移動到那裡的路徑大致可分為兩條——在路上發現朝研究室方向移動的槙島的可能性很高。雖然征陸建議「別輕舉妄動」，但面對有武裝、有炸彈的對手，維持守勢絕對稱不上有利。

「……不，這樣不行，我們要主動進攻。」

雖然征陸似乎提不起勁——

「……好吧，就這麼做。」

宜野座和征陸來到防禦病毒生產工廠的物資倉庫。以距離上說來，已是隨時都有可能碰上槙島的位置。先行的征陸發現前方通道設置了紅外線感應器，是個很明顯的陷阱。他用手勢提醒後面的宜野座小心。

宜野座點頭，尋找迂迴路徑，繞往側面通道。

「唔！」

他輕率的行動令征陸不禁發出呻吟。

「慢著！」

但警告已經來不及，宜野座沒發現腳下的真正陷阱——鋼絲陷阱，腳尖不慎觸及。

瞬間引發小型爆炸，幾百公斤重的置物架倒在宜野座身上，宜野座想緊急躲開但來不及。

眼鏡掉在地上，被壓壞了。

「伸元！」征陸著急大吼。

宜野座的左半身大半部位被置物架壓住，無法動彈。不只如此，他的左手嚴重出血，手肘以下幾乎快被截斷。

征陸對於兒子的傷勢感到焦急，咒罵一聲。

然而——

「你的背後！」

宜野座率先發現，大聲呼喊。

一回頭，手持釘槍的槙島就在後方——正在笑。

槙島射出釘子。

征陸情急之下用左手義肢保護頭部與脖子。槙島的攻擊幾發刺入征陸手中，幾發被彈開，義肢表面火花四散。

「看我的！」征陸朝連發釘槍的槙島衝刺，用義肢做為護盾，擋下飛來的釘子，逼近槙島身邊，朝他揮出電擊警棒，但槙島用釘槍格檔電擊棒。釘槍被一擊破壞，冒出火花，掉落在地。征陸露出「奏效了」的笑容，又朝槙島揮出第二擊。這次槙島轉瞬間就鑽入征陸懷裡。

「糟——」

彷彿變戲法般，槙島的右手不知不覺間握著一把用空罐加工而成、能使人失血致死的吸管狀刀子。槙島宛如外科醫師，冷靜地瞄準征陸鎖骨下方的動脈刺出刀子。鮮血噴出，征陸的胸口被刺出一個窟窿，大量鮮血彷彿被泵浦抽出般噴灑出來。

槙島左手從皮帶將釘槍的預備子彈——長釘子——拔出，刺入征陸的肝臟。劇痛與失血，使征陸連哀號也發不出來。

「結束了。」

「不，還早！」

征陸在苦悶之中——

他抓住掛在槙島腰上的管狀炸彈，奪走。

「！」就連槙島也不免微露出驚詫的表情。

征陸注意到筆型雷管，用力敲打使之啟動。為了確實解決槙島，征陸抱住他，打算跟槙島同歸於盡。

在爆炸之前的短短幾秒間——

即使在這種關頭，槙島仍舊保持冷靜，雙手抓住征陸握住管狀炸彈的右手，使出關節技。

管狀炸彈一瞬就從被折斷的征陸手中掉落，槙島用力一踢，炸彈滑到宜野座身邊。

「什……」宜野座兩眼睜大，但左半身被置物架壓住，他想逃也逃不了。

征陸無計可施，只得全力奔跑，趴在管狀炸彈上方，用義肢緊緊握住——爆炸，特殊合金製的義肢被炸個粉碎，征陸的身體一瞬間浮上空中，接著落下。

倉庫內煙霧瀰漫。

雖然猛咳不止，但宜野座仍拚命睜大雙眼。他發現自己沒事，但眼前的征陸明顯身受重傷，已瀕臨死亡邊緣。征陸的義肢左手被炸掉，身體正面扎滿碎片，血流成河。

趴在地上的槙島緩緩起身，「接下來……」他準備給予宜野座最後一擊。

這時——

槍聲響起，槙島的左耳被子彈劃傷。

「來了嗎？」

狡嚙趕到現場，連開幾槍。槙島迅速退後，躲進掩蔽物之中，狡嚙的第二、第三發攻擊很可惜地只命中掩蔽物。槙島壓低身體溜出，狡嚙立刻準備追上，但突然見到渾身是血的征陸和宜野座，令他忍不住停下腳步。

「大叔……」

宜野座像個孩子般，哭喪著臉抬起頭看向停下腳步的狡嚙——宜野，別用那種表情看我，會害我覺得自己也快瘋了。

受到震撼的狡嚙整個人僵住不動——槙島、槙島、槙島，你究竟想殺幾個人才肯罷休？狡嚙咬緊牙關，重新對自己灌注力量。「宜野，抱歉。」狡嚙只留下這句話，便重新展開獵犬最後的追蹤。

宜野座死命從置物架底下爬出，但左手怎樣都抽不出來，無可奈何之下，只能用蠻力將之扯斷，反正本來就是骨頭被壓碎、血肉撕裂的狀態。雖然出血與劇痛令宜野座差點昏厥，他還是連滾帶爬地來到征陸身旁。

「……笨蛋！為什麼要這麼胡來……為什麼……你是刑警吧！」

宜野座哭了，彷彿想將忍耐幾十年的眼淚一口氣釋放。

「……當刑警……也沒什麼好的啊……」征陸氣若游絲地微笑。「我們果然是父子……你的眼睛……和我年輕時一模一樣……」

「……等等……執行官……爸爸……」

宜野座不斷呼喚，征陸臉上帶著滿足的笑容辭世。

「

狡嚙追著槙島進入工廠的多隆停放區。在這個有巨大農耕多隆整齊劃一排列的毛骨悚然空間裡，也有長期沒人使用的舊型載人農耕機停放在此。狡嚙緊握轉輪手槍，慎重前進。

一道人影從前方暗處穿過，狡嚙立刻開槍——沒有回應，這是第四發。

不知從何處傳來槙島的笑聲。

「終於捨棄虛假的正義，奪回真正的殺意了嗎？你果然是合乎我期待的人啊。」

「……是嗎？但我對你不抱任何期待。」

回聲嚴重。狡嚙小心不被回聲迷惑，慎重尋找敵人的位置。

「狡嚙……都已經到這種地步，別這麼冷淡嘛。」

「少得意忘形。你沒什麼特別的，只是個被全世界忽視的垃圾罷了。孤零零地被排擠、被除外的感覺，想必讓你心生怨恨吧？你不過是忍受不了孤獨，和被人排擠、不甘心地大吼大叫的死小鬼沒什麼兩樣。」

「你的觀點很有趣。你說我孤獨？這個社會有誰不孤獨？」

狡噛找到了躲在農耕多隆後方的槙島，慎重地瞄準……

似乎沒發現被人盯上的槙島繼續說：

「……靠著與他人連結來建立基礎的時代早已結束。任何人都活在系統的保護下，存在於順從系統規範的世界裡，人際關係變得無關緊要。人人都在這個狹窄的個人牢籠裡，安逸地被豢養著。」

狡噛扣下扳機，子彈命中槙島——碎散的不是鮮血和肉片，而是玻璃。狡噛打中的，是老舊載人農耕機後照鏡中的影像。

「！」下個瞬間，躲藏在農耕機另一邊的槙島迅速撲向狡噛。

剛剛是第五發。狡噛甩出彈筒，退出空彈殼，用快速裝彈器裝填新子彈，但手槍被猛然接近的槙島的掌打攻擊擊飛。

狡噛拔出備用的小刀。

槙島也拔出剃刀，展開刀刃。

第二十二章　完美的世界

1

狡噛和槙島手中拿著刀子，雙方對峙。

「……其實你也一樣吧？狡噛慎也。沒人承認你的正義，沒人理解你的憤怒。所以你背叛了信賴，也背叛了友情，連自己唯一的歸宿都拋捨，才來到這個地步。這樣的你，有資格嘲笑我的孤獨嗎？」

「…………」

狡噛出手，揮出握在右手的小刀，但被閃開了。

槙島反擊，朝腕部或大腿等不易防守的地方斬下，狡噛勉強避開。

刀刃交錯，金屬撞擊，一瞬間迸出火花。

——槙島果然很強。

狡噛為了這一刻不斷鍛鍊至今，但槙島的實力更在他之上。

一旦交手，立刻能明白對方平常都過著怎麼樣的生活。槙島嚴格限制自己的飲食，不攝取過多脂肪；一早醒來洗把臉，立刻做伸展操與慢跑。在他保有的多個藏身處中，大部分都設有訓練室，他一邊閱讀一邊用完早餐，就開始訓練。某些日子裡，他在訓練後會為了「工作」出門；等「工作」完回來，又繼續訓練。讓肌肉徹底疲勞後，他總算能放鬆一下，浸淫在閱讀的喜悅裡。他一天之中，極少有浪費的時間，持續學習與鍛鍊，如此日復一日——狡噛想像著槙島的日常。

槙島微笑，仍游刃有餘。

「但是，對於不害怕孤獨的你，對於以孤獨為武器的你，我反而給予高度評價。」

雖然狡噛笑不出來，但這場痛苦旅程總算能結束的預感，逐漸轉化為高昂的心情。

狡噛刺出小刀，接著使出掃腿。槙島向後一躍，閃躲他的連續攻擊。

狡噛不斷欺身貼近，不想讓對方拉開距離。槙島以絕妙的步伐退出狡噛的攻擊範圍，但下一瞬間，槙島又衝入狡噛懷裡，讓剃刀左右閃動。很難纏。

狡噛勉強躲避這波攻擊，可是沒有完全成功，胸口和上臂被劃出淺淺傷口。雖不是會讓肌肉無法動彈的重傷，可是傷口火熱疼痛，血珠滴答墜下。

槙島的強悍在於他從不恐懼。他一點也不害怕自己被殺，所以才能大膽地衝入敵人懷裡，即使刀口劃過自己身邊也毫無所懼。想殺人的時候「連一絲猶豫也沒有」，這在格鬥戰中是極大的優勢。

狡噛企圖用左手封鎖對方的動作，並用右手戳刺對方的要害。槙島所想的事與狡噛完全相同，差別只在於武器是小刀或剃刀的不同而已。

狡噛和槙島的左手交纏，進行關節的攻防戰。受過訓練的人只靠一隻手就能壓制對方的動作。因為雙方實力在伯仲之間，遲遲未能分出勝負，兩人朝彼此揮出刀子，退後一步。

狡噛恨不得馬上殺死槙島，刀刃卻怎樣也無法觸及槙島的肌肉或血管。狡噛在心中喃喃地說：「我要把你千刀萬剮，就像佐佐山被大卸八塊一樣，就像船原雪的喉嚨被割裂一樣。我想看到你全身鮮血流失殆盡，虛弱而死。」

但狡噛想殺死對方的心情太強烈，反而壞事了。

他右手揮舞的動作過大，被槙島逮著。

——糟了！

狡噛的右手握有小刀，持刀的手被壓制。

槙島的右手卻是活動自如，能輕易用剃刀割砍狡噛。

狡噛把身體貼上去，防堵對手的攻擊。槙島立刻拐了狡噛一腳，讓他跪下，並從上方壓制狡噛。

槙島用左腋下箝制狡噛的右手。

他握住刀子的右手，處於無防備的狀態。

槙島露出彷彿想說「結束了」的表情，高舉剃刀。

——還早呢！

狡噛急中生智，將手中的刀子換了個握法。

槙島相準的目標是狡噛腕部內側的血管。

狡噛看穿他的意圖，只靠手指翻轉刀子方向，保護腕部。

金屬聲交錯，剃刀被小刀彈開。

槙島也許以為這場勝負自己贏定了吧。

「什……」槙島睜大雙眼，忍不住發出驚訝聲。

這名男子發出這種聲音，說不定是有生以來頭一遭。

槙島手的力道一瞬間放鬆。

狡噛沒放過這個機會，立刻從槙島的腋下抽出右手，同時反手握緊刀子，深深縱向撕裂槙島的左上臂。

——大量出血。

「唔……」

槙島後退，拋下剃刀。他已顧不得武器，優先從口袋裡取出手帕堵住傷口。

狡噛想乘勝追擊，在這裡了斷他的性命。

但是，就在這時——

公安局的震撼手榴彈落到兩人之間。

「！」

槙島幾乎是反射性地將手榴彈踢進農耕機底下，狡噛則躲進身旁的掩蔽物後方，遮住耳朵。震撼手榴彈隨即爆炸，但因為被踢到農耕機底下，閃光和衝擊波的效果無法十足發揮。

狡噛立刻從掩蔽物後面衝出，尋找槙島的身影——但已看不到了。

「該死！」狡噛咂嘴。

「到此為止，狡噛先生。」

手持主宰者的朱接近。

狡噛放棄抵抗，拋下小刀，雙手交叉貼在後腦。

「槙島就在附近，他逃出去了。」

「我明白，我也會逮住那個男人。」

朱邊毫不鬆懈地用主宰者的槍口對準狡噛，邊緩緩移動。她找到狡噛掉落的轉輪手槍，將之拾起。

「妳打算把我銬在這裡，獨自去追槙島嗎？」

「我沒那麼有勇無謀。」

朱放下主宰者的槍口，將主宰者拋給狡噛。

無法理解她行動的狡噛接下主宰者，大感驚訝。

「保險已經解除，固定在麻醉槍模式，所以現在的你也能使用。請幫我吧。」

朱舉起狡噛的轉輪手槍做為主宰者的替代品。

「聽好，只能用麻醉槍麻痺槙島喔。如果你打其他歪主意，我就用手槍射擊你的腳。」

「雖然我早就知道妳變得十分頑強……」狡噛確認主宰者的模式後，苦笑說：「要是更可愛一點就好了。」

就算是槙島這等人物，被逼上絕路時，也沒有餘裕掩飾自己留下的血跡。朱和狡噛一路追蹤地上留下的斑斑血跡來到轉運區，工廠生產出來的防禦病毒便是從這裡配送到各地農場。黎明的微光射入這個與外面農地連接的開放空間。

完全自動化的無人冷凍車整齊並列，等待貨物堆放上來。狡噛在前，朱在後方援護，兩人分工合作，在車輛之間前進。狡噛一面慎重地警戒周圍，一面小聲問朱：

「妳無論如何都要阻止我殺槙島的理由是……」

「因為違法。我不能坐視犯罪行為。」

朱也小聲但堅決地回應。

「妳為什麼要如此堅持這部無法審判惡人、無法守護人民的法律？」

「不是法律守護人，而是人民要守護法律。」

「…………」

狡噛不禁停下腳步，緊盯著朱的臉。

朱接著說：

「……我們憎恨罪惡、尋求正確人生的心情累積形成的就是法律。那不是條文，不是系統，而是存在於任何人心中、脆弱卻又無可替代的心情。相較於憤怒或憎恨的力量，可說是無比脆弱、極易碎裂。

因此……為了不讓過去所有想創造出更美好世界者的祈禱變得毫無意義……我們必須堅守法律，不可輕言放棄。」

「等到每個人都這麼想的時代來臨，希貝兒先知系統就會消失吧，也不會出現潛在犯或執行官。可是……」

狡嚙還沒說完，前方的車列中有一輛冷凍車急速發動。

駕駛座上有槙島的身影。車子切換成手動模式，槙島握著方向盤。

狡嚙用主宰者對準車子，但沒有變形成分解槍，只憑麻醉槍什麼用也沒有。他在千鈞一髮之際，翻身躲過爆衝而來的冷凍車。

冷凍車繼續加速，衝破分隔工廠與農地的圍欄。在地上翻滾的狡嚙爬起——發現在他背後的朱不見了。

狡嚙快步追趕漸行漸遠的冷凍車，看見朱正緊抓著車輛側面。

「朱！」

狡嚙大聲呼喚名字，卯足全力奔跑。

2

冷凍車在麥田的田間道路上急速飛馳。朱只靠左手抓住車輛側面，肩膀的關節彷彿快脫臼，但在這種緊要關頭只能咬牙忍耐。她左手使出吃奶的力量緊抓車子，以防被甩開；右手則緊緊握住轉輪手槍，防止槍枝掉落。

朱在不穩定的姿勢下，用右手的轉輪手槍瞄準冷凍車的輪胎，扣下扳機。

麥格農彈的後座力喚起她用泉宮寺的獵槍射擊時的記憶。

冷凍車輪胎破裂，車子失去控制而打滑。朱被甩落，冷凍車也翻倒，衝入麥田裡。

「……唔……」

被重重摔到地上的朱失去了意識。

記得那是強奪虛擬人物兼連續殺人案爆發前的事。

朱走進刑事課的大辦公室，狡噛正在辦公桌上打瞌睡，似乎剛訓練完的樣子。或許是很熱的關係，他沒穿西裝外套。

朱不自覺地凝望狡噛的臉。他拄著臉頰，上半身晃呀晃的，像在划船一般。毫無防備的睡臉令人意外，朱感覺自己的心臟撲通跳個不停。

「…………」

——寬闊的肩膀、厚實的胸膛，也許是穿衣顯瘦的類型吧。仔細一看，手臂十分粗壯。強健而雄壯，是男子漢的體魄。好像怎麼看也看不膩。鼻子形狀美好，緊抿的嘴也挺帥氣的，雖然嘴唇有點乾燥……

和最新式建築不相稱的換氣扇聲嗡嗡作響，大辦公室裡除了兩人，沒其他人在。

——不知為何……

朱突然覺得不安。總覺得這個人——狡噛慎也——將來一定會離得遠遠的。朱有此預感。

狡噛醒來。

「……嗯？」他露出昏昏沉沉的表情張望四周。「常守……監視官？」

「嗯。」

「……我睡著了？」

朱睜開雙眼。

意識清醒的瞬間，劇烈疼痛也衝擊而來。

——啊，我被冷凍車甩了下來。

朱想站起身，側腹卻遭人狠狠踢了一腳。

「嗚啊！」

朱發出哀號，痛苦不堪，轉輪手槍也因此放開。

槙島站在她身邊。

「現在想來……常守監視官……我應該一開始就殺了妳。」槙島冰冷地說：「妳是我最大的失誤。我收集過情報，研判妳是『公安局刑事課第一分隊的弱點』。至少在船原雪被殺前，這種判斷並沒有錯……」

朱忍著疼痛在地上爬，想撿起掉落的轉輪手槍。槙島抬起腳，準備朝她的後腦踩下——

「槙島！」

帶著主宰者的狡嚙趕上了。

槙島對朱冷笑一聲，逃往麥田。

「！」狡嚙咂嘴，跑向朱身邊。

朱仍拚命想撿起轉輪手槍。

狡噛替她撿起。他右手拿著主宰者，左手拿著轉輪手槍，表情空洞地交互看著兩把槍。

「……不行……不可以……」朱察覺到狡噛的想法，悲傷使她的表情扭曲起來。「狡噛先生！和希貝兒先知系統還有交涉的餘地！只要能活捉槙島……」

狡噛拋下主宰者。朱咬著牙，流下悔恨的淚水。

「那就是……狡噛先生的選擇嗎？」

「看來我們每次碰上岔路，註定要選不同的道路。雖然我覺得我們是還不賴的搭檔……可惜就像拿錯地圖的旅人，漸行漸遠了。」

「我不想要如此。這樣的話，狡噛先生只能持續逃跑，直到被殺……」

「若問我愛不愛惜自己的生命，我也說不上來……被希貝兒先知系統殺死實在不怎麼有趣，所以我會抵抗到最後的。這次是真正的道別了，常守朱。」狡噛溫柔地望著朱。「……這是我和他之間的問題。」

狡噛拿著轉輪手槍，跑向槙島逃入的麥田裡。

「狡噛先生！」

朱悲痛的呼喚沒有傳進任何人耳裡，消失不見。

3

槙島邊撥開麥穗邊前進。

狡噛追在他身後。

槙島想：「我對這個世界厭煩了。每個人都是孤獨的、每個人都是空虛的，不再有人需要其他人，不論是什麼才能都能找到替代品，任何人都是替代者的替代者——不管有什麼關聯性，都能被替換——這是多麼無趣啊。」

朝霞將天空與大地染成淺橙色，這一切是如此鮮明強烈。槙島覺得，這一瞬彷彿永遠。

不知為什麼——自己的死法除了被狡噛慎也殺死以外，他想不到其他可能性。

不久，狡噛走出麥田，來到一座微微隆起的山丘。先到的槙島在山丘頂部眺望下方的景色。在黎明的照耀下，廣袤麥田受和風吹拂，彷彿波浪一般擺動。靜謐而莊嚴的情景既像雲上王國，也像夢幻國度——在幻想麥田的空白之中，狡噛和槙島對峙著。槙島有如孩子般笑了。

「……出血很嚴重。流這麼多血的話，或許夠寫一本書吧。我想起尼采的話了。」

「『一切文學，余愛以血書者。』……是吧？」狡噛疲憊地說。

「沒錯。不覺得真是一句名言嗎？這一切都是故事，關於如何審判希貝兒先知系統此一國家級巨大欺瞞的故事。要寫出這個故事，需要無數民眾的鮮血。」

「你自以為是革命家？」

「可惜我對政治沒有興趣。」

贏得完美瞬間的槙島，露出無瑕的笑容望著狡噛。

「你又如何呢？狡噛慎也。你在這之後，能找到我的替代品嗎？」

狡噛用轉輪手槍的槍口對準槙島的頭部。

「再過不久你也會死的。倘若有來世，我們再來一次吧。」

「……不必了。這麼折騰人的事，我可不想碰上第二次。」

「真遺憾。不，慢著，難道你恨我嗎？我明明陪你玩了這麼久啊。」

「我想起小時候……」

狡噛緩緩地扳下擊錘。

「這種感覺……就像總算能享用珍藏已久的甜點的心情。」

槙島的微笑仍未消失，表情像在說不管結局如何，他都早知會演變成如此。

漫長的夜晚總算離去，彷彿從縫隙中射下的早晨陽光把麥田照得閃閃發亮。一切事物散發出燦爛與光輝的瞬間來臨了。兩名男子在黃金之海裡迎向結局。

遠方山丘上響起槍聲。

「……狡噛……先生……」

聽見槍聲，朱感覺全身力量不知遁向何方。

「……你殺死他了嗎？狡噛先生……」

——那兩人恐怕在相遇以前，就註定會有此般命運。

他們比任何人都更理解對方，也只凝視著對方。

在他們之間，沒有朱介入的餘地。

終章

1

厚生省地下，希貝兒先知系統中樞區域。

朱站在平行排列的腦袋面前。她剛從穀倉地帶回來，全身纏著繃帶。

『關於活捉槙島聖護一事，結果十分令人遺憾。』

主宰者以機械語音告知。

「所以我也就沒用了？」朱意興闌珊地說。

『我們不得不向下修正對於妳能力的評價，但是，這不代表妳的存在價值是負的。甚至可以說，就希貝兒先知系統的運作而言，妳依然是具有傑出價值的個體。』

「……什麼意思？」

『妳那健康且強韌的心靈指數、明晰的頭腦及判斷力，做為指引未來新時代市民的指標，依然是十分理想的形式。此外，妳對希貝兒先知系統抱持完全相反的情感上反感和理論性評價，且現在這種糾葛仍存在於妳的心中。如果能懷柔這樣的妳，我們將獲得使社會統治往下個階段前進的寶貴樣本。』

「你們接下來又有什麼企圖？」

『目前為了避免造成輿論譁然，我們徹底隱蔽希貝兒先知系統的真貌。做為短期戰略，隱蔽工作在現狀上尚且不難；但若長遠看來，這絕不是令人期望的方針。不論是就安全性或效率而言，總有一天，我們都必須以不加矯飾的模樣出現在公眾面前。

必須使一切市民在認識、明白希貝兒的真面目之後，仍願意享受由我們統治社會。相信在此一課題達成之日，更穩固的安定與繁榮將降臨於未來的人類社會。我們想從與妳的互動關係中，摸索出為達此一目的的方法論。所以，繼續觀察妳的動向、分析彼此的關係性，是構築將來懷柔市民並使其順應的方法論的寶貴線索。』

「……你們真以為有這麼容易？」

『只要妳沒顯露出想洩漏機密的徵候，妳的生命和行動自由將會受到保障。我們很期待妳的合作態度。只要妳還擁有自我保護的慾望，妳就沒有選擇的餘地。』

「說得也是。我不想無意義地死去，而現在的世界沒有希貝兒無法成立也是事實。」

『妳基於尊法精神的判斷值得我們信賴。』

「你們知道最貶低法律的行為是什麼嗎？那就是制定出不值得遵守的法律並施行。」

『…………』

「勸你們別小看人類比較好。我們一直都以更好的社會為目標。總有一天會有人來關上這間房間的電源。就算我辦不到，下個世代也一定會有找到新出路的人現身。希貝兒先知系統，你們的未來並不存在。」

『常守朱，相信我們與妳的辯論還會持續很長一段時間。抗拒我們吧，並為此感到苦惱。我們會觀測、分析妳一切的反應。獻上妳的一生，做為促進我們進化的動力。』

2

——兩個月後。

類似銀行出租金庫室，人工、單調的房間——公共墳墓。

名為墳墓，或許用骨灰「保存庫」來說明更合乎實際狀況。

這裡是保存不便埋葬於一般墳墓的窮人或潛在犯的骨灰之處。宜野座正站在祭拜室裡。已不戴眼鏡的宜野座面對一只裝著征陸骨灰的合金盒子，上方投影出征陸的顯像遺照。

宜野座對著遺照喃喃訴說。

「……嗨，好久不見。」

「我今天是來報告的。我的處分確定了……犯罪指數升高到一四〇，已無恢復的可能性，但留在隔離設施度過餘生也不合我的個性……所以，我決定還是回到老單位服務。」

宜野座自我嘲諷地說。

「你曾要我別走這條路……這個結果看來，算是違背了你的期望吧。我真是個不肖子啊，我對此深感抱歉。但很不可思議的，我並不覺得後悔。刑警不是什麼好工作……卻總是要有人來做這份工作，不是嗎？」

默默獻上哀悼後，宜野座離開祭拜室。征陸的顯像遺照關上，機械臂伸長，將骨灰盒收回原本的位置。

朱在墳墓入口處等候。

「好了嗎？」

「嗯，給妳添麻煩了，真不好意思。」

「陪伴執行官外出是值勤規章的規定。」

兩人搭進偽裝巡邏車，駛向高速公路。朱坐在駕駛座，宜野座坐在副駕駛座。

「好歹有個墳墓，已經比縢幸運多了。聽說第二分隊停止調查了吧？」

「嗯……」

「縢一定已經不在這個世上。高層掌握了確切證據，卻故意不發表，想讓真相掩藏在黑暗之中……」

知道真相的朱感到困窘，趕緊提起新話題。

「……不知道狡噛先生現在在哪裡？」

「那麼凶猛的獵犬失去了項圈，可說無異於狼，回歸原野反而活得更自在。」

「真的……有這麼輕鬆嗎？」

「執行官時代的他也不見得過得輕鬆吧？」

宜野座緬懷過去般瞇細了眼。

「他是個頑強、狡猾，又不肯輕言放棄的男人。不管狀況多嚴苛，他一定會度過難關……

反而要擔心的是妳，常守監視官。」

冷不防被人提起，朱一臉詫異地反問：

「……我？」

「假如再次與他相遇，屆時妳想怎麼辦？」

「這……」

朱用笑容敷衍這個難以回答的問題。

「……宜野座先生還是一樣愛操心。」

「比起過去，妳選擇將目光焦點放在未來嗎……聽說明天有個新上任的監視官要來？」

「很少見的人事安排呢，竟然錄用未成年者當監視官。」

「心靈指數的概念出現之後，未成年的限制已形同虛設。只要在考察中獲得足夠分數即可，性別與年齡不再重要。只是話又說回來，雖然是個人自由，但這麼年輕就接受職業適性診斷倒也滿稀奇的。」

「聽說她迫不及待地想加入公安局。我想也是，因為她的朋友被殺了。」

「關於這點，我們必須負起一部分的責任。」

「……對了，我能問個無關緊要的問題嗎？」

「說吧。」

「宜野座先生的眼鏡原來只是裝飾用的嗎？」

「因為我不喜歡自己的臉。」宜野座指著自己的眼睛。「尤其是眼睛這一帶……但我現在覺得無所謂了。」

「我覺得現在的宜野座先生比以前更帥氣。」

「勸妳最好別再用那種稱呼。」

「咦？」

「稱呼我為『先生』。監視官對執行官使用敬稱，很沒有規矩。」

「怎麼這麼說……」

「不管妳個人的習慣如何，這麼做沒辦法給晚輩樹立典範。倘若害她誤以為這是個很溫和的職場，日後辛苦的是她。」

「真的嗎……」

「妳回想一下自己的情況吧。想讓她嚐到相同的痛苦嗎？」

3

鬧鐘在黑暗的室內響起。

她在床上蠕動身體。

接著，朦朧發光的少女浮現在半空中——是虛擬顯像。

『早安～現在時間是四月十日八點十五分！霜月美佳小姐今早的心靈指數色相是粉藍色。請保持健康的精神，享受美好的一天吧！』

霜月美佳一個人住在公寓。

「……嗯……」

穿著運動內衣的美佳緩緩撐起上半身。

「公安局……第一天上班啊……」

邊桌上擺著顯像照片的顯示裝置，有一張紀念照片浮現於此，是身穿櫻霜學園制服的霜月美佳和川原崎加賀美。

「…………」

美佳以帶著後悔與懷念的視線，看向顯像照片裡的加賀美。

4

無數標著公安局徽章的多隆在道路上來來去去，忙著封鎖江戶川區的廢棄區域。現正下著雨，時刻是深夜十二點。公安局吉祥物「小科米沙」的顯像站在道路中央不停廣播：『……我們是公安局刑事課。為了安全起見，目前這個地區禁止進入，請附近居民迅速離開。重複一次，我們是——』

一名少女好不容易推開圍觀民眾構成的人牆，想進入案發現場，卻被巡邏多隆攔下。少女打開顯像警察手冊。

『已確認．公安局刑事課．霜月美佳監視官．請進。』

美佳心情緊張地觀察四周，不久，發現停在巡邏多隆之間的偽裝巡邏車，和站在車旁貌似公安局刑警的人物。美佳走到她身旁，那個人看起來明顯是在等人。

「請問……妳是監視官常守小姐嗎？」

「我就是。剛上任就碰上事件，真不幸呢。」

「我是今天剛上任的霜月美佳，請多多指教。」

「抱歉，由於刑事課人手嚴重不足，雖然我會盡量幫妳，但沒辦法把妳當新手看待。」

「明白了，我會努力的。」

「……很好。」

朱將攻堅外套拋給美佳，美佳慌張地接下。

這時，從道路遠方有另一輛車抵達。那是一輛窗戶以鐵格子封死的裝甲廂型車。

「妳待會兒見到的人們在面對犯罪時，會採取與妳完全不同的判斷基準。」

「那是……」

朱穿上攻堅外套說道。

「他們的行動有時會超出妳的理解範圍。妳要信任他們，同時要防範他們。太過輕忽的話，妳會受重傷的。」

戒護車在偽裝巡邏車旁停下，後車門打開。

「他們是執行官，妳將率領的部下。」

四名男女從戒護車下車——宜野座、六合塚，以及另兩名新任執行官。

裝備運輸多隆從車上分離出來，打開艙蓋，露出收納在裡頭的主宰者。

美佳握住握把，槍突然啟動，指向性聲音傳入耳中。

『攜帶型心理診斷．鎮壓執行系統．主宰者．啟動完畢．使用者認證．霜月美佳監視官．隸屬公安局刑事課．確認使用許可．為合格使用者。』

美佳感到困惑。這時，一架公安局的無人航空機彷彿上帝的使者般從頭上呼嘯而過。

以顯像妝點而成、光鮮亮麗的完美城市，宛如神殿的高樓大廈，隨時受到監控裝置監視的住宅區——雖然刑警僅有寥寥二十名左右，不過，只要絞盡智慧與勇氣，就能維持這座城市的治安。

《PSYCHO-PASS 心靈判官》小說版　完

番外篇　唐之杜志恩和六合塚彌生

六合塚畢業於成城學院中學藝術科，二一〇六年被認定為希貝兒公認藝術家。她加入福祉公司「Oriental World」，以「Amalgam」的名義出道。六合塚當時就是個充滿寡言冷漠氣息的人，卻頻頻傳出和大牌女演員或女性運動選手的緋聞。神祕、性感、充滿緋聞，而且，她的音樂風格極端復古，這一切要素都替她帶來正面效果，雖沒有紅透半邊天，但也成功吸引了固定粉絲。不久，六合塚和非公認樂團「Prophecy」吉他手兼女主唱的里奈相戀了。

這也是她墮落的開始。

由於色相和犯罪指數惡化，六合塚被送進潛在犯隔離設施。後來，在監視官狡噛慎也的「提拔」之下，六合塚彌生成為第一分隊的執行官。她過去的戀人里奈則投入反抗軍活動，從事地下活動。

六合塚和分析官唐之杜志恩之所以會發生肉體關係，其實是受到里奈的非法活動影響。

六合塚剛成為執行官不久、開始熟悉工作時，唐之杜傳送郵件，要她「來一趟研究室」。

「妳好。」六合塚進入房間，向唐之杜打招呼，但不知道她找自己來是為了什麼。房間裡只有她和坐在椅子上翹腳的唐之杜兩個人而已。

「呃～妳叫六合塚彌生？」

「是。」

「妳已經記得我的名字了？」

「分析官唐之杜志恩小姐。」

「是的。妳平常看電視嗎？」

「什麼？」

「電視。」

「偶爾。」

「看過恐怖片嗎？」

「不多。」

「聽說過羅梅羅嗎？他執導的《活死人之夜》。」

「沒有……那是最近的電影嗎？」

「當然不是，是沒獲得認可的老電影喔。現在所有螢幕都裝了人工智能的檢查裝置，若不是專用螢幕，無法放映未經認可的影像。」
六合塚對於唐之杜想說什麼仍沒半點頭緒。
「公安局每天都會收到大量郵件或影片。有些是想通報，有些則是惡作劇，再不然就是想諂商……雖然大半靠人工智慧處理就好，但當中也有些物品事關重大，不經過人眼處理不行。而最初確認這些的『人眼』，就是我們分析官。」
「……收到什麼了嗎？」
「公安局收到一顆匿名寄送的顯像記憶體。」
唐之杜從口袋取出方糖大小的透明方塊。
這種顯像記憶體的體積雖小，容量卻高達數十ＴＢ。
「人工智能檢查記憶體內容，判定為『含有淫穢內容』。換言之，是絕對不能在客廳裡公開播放的影像。我對內容感到好奇，便播來看看。」
「呃……」
「這就是內容。」
唐之杜操作輸入介面，在螢幕播放出影像。顯示出來的是「Amalgam」時代的六合塚，一絲不掛地和一樣全裸的里奈沉浸在激烈的性愛中。六合塚渾身是汗，有如野獸一般呻吟。是偷拍影片。

「……看來妳的前女友個性很差勁呢。」

「她是我一輩子的汙點。」六合塚若無其事地說。表面維持撲克臉，內心卻快氣炸了。

「犯罪者敢將有露臉的影片寄送過來，表示她多半已整形過了。」唐之杜愉快地說：「這段影片似乎還沒在網路上流傳。換句話說，她只是故意要給妳難堪。為防被上傳，我已經把妳的照片資料登記進檢查ＡＩ裡。」

「這件事有向監視官們報告嗎……」

「妳說的監視官是指慎也和宜野座？怎麼可能報告呢，我直接刪除了。就算說了，也只會害大家尷尬而已……」

「……謝謝妳。」

「這樣一來，妳就欠我一個人情囉。」

說完，唐之杜極自然地眨眼。六合塚知道，只有少數具有天賦者做這個閉上單眼的動作能讓人怦然心動。

四天後，兩人做愛了。

希貝兒先知系統的戀愛適性判斷準確度極高，但潛在犯不被允許結婚。不知不覺間，六合塚開始避免做出「總有一天犯罪指數會下降，能建立起一般家庭」這類幻想。即使如此，她還是希望至少能有人陪在自己身旁。她時常感到不安，唐之杜志恩究竟願意和她交往多久？

唐之杜是個雙性戀，和男性交往也無所謂——而且往往看不透她心裡在想什麼。六合塚不時在想，為何自己會喜歡上這種人？

——所謂的「絕不會有結果」，就是這種感覺嗎？

有一次，六合塚昏昏沉沉地睡著了，並且做了一個悲傷的夢。睡夢中，她覺得有手指在戳自己臉頰而醒來。

「沒有比見到哭著睡著的女孩更令人難過的事……」

「……對不起。」

「妳沒必要道歉啊。」唐之杜用食指戳戳六合塚的嘴唇。「雖然彌生道歉的樣子像個小孩子，很可愛。」

唐之杜總是一臉從容。

——妳那份從容有時反而令人生厭啊，志恩。

＊

槙島事件解決的兩個月後。

公安局內執行官宿舍區，唐之杜志恩的房間。

「第一分隊變了好多……」唐之杜全裸地躺在床上抽著菸，看似無所謂卻又帶點惋惜地說：「阿秀和征叔、慎也……大家都走了。」

「這份工作不適合跟不上時代的男人。」

六合塚故意冷淡地說。實際上征陸的死令她悲傷，她也還無法接受縢的失蹤。對六合塚而言，縢就像親弟弟，假如他哪天又若無其事地回來，她一定會很高興吧。至於狡噛——狡噛慎也在殺了槙島後究竟去哪裡？他不覺得這種行為很不負責任嗎？他這麼做真的有那個價值？甚至不惜惹朱哭泣？

「……說他們跟不上時代太過分了吧？」唐之杜伸長手，把香菸按在菸灰缸上。「說他們是……浪漫主義者會比較好。」

「這種說法有比較安慰人嗎？」

六合塚彷彿在遙望遠方，眼神變得險惡起來。

「那群男人……」

如果沒有狡噛，六合塚說不定不會成為執行官。就這層意義而言，狡噛算是她的恩人，但狀況又複雜得令她沒辦法得出如此單純的結論。六合塚曾懷疑唐之杜和狡噛有肉體關係，也許她對狡噛懷有嫉妒吧。狡噛失蹤後，六合塚多少能放下心中一塊大石。發現自己有這種心情，她忍不住自嘲地想：「我這個人真是差勁啊。」

番外篇　聽見海潮聲的房間

宜野座現在是執行官，朱和霜月監視官共同指揮刑事課第一分隊。宜野座原本再過不久，就能「升格」為厚生省官員，卻因為執意協助狡噛的搜查而斷送了仕途。

一如往常，公安局刑警們今天也忙著搜捕潛在犯。有時只靠多隆或隔離設施的職員就能解決，有時則需要主宰者。

過去的朱一直將死亡和生病、意外或衰老劃上等號，但在進入刑事課後，死亡卻變為司空見慣的情景。高犯罪指數者遭主宰者「處刑」雖是迫不得已，卻是必要的——誕生在希貝兒先知系統管理下的朱，不論身心都徹底接受這種原則。不，應該說被迫接受了——但在得知系統真相的現在，這種原則在自己的內心恐怕曾一度瓦解吧。用主宰者射擊潛在犯，和用手槍殺死槙島不同——絕對不同。不過，自己究竟是從何處湧現這種信念？法律與秩序、權力與自由，朱今天也一如往常地煩惱不已。

這種難以得出答案的大哉問，恐怕會跟著她一輩子吧。

如果疲憊至極地單獨留在刑事課大辦公室，有時會見到幻影。

「小朱～偶爾陪我玩遊戲嘛。」

幻影之中，有縢。

「小姐，與其陪縢玩那種莫名其妙的遊戲，還不如陪我下盤將棋吧，將棋。」

也有征陸。

「唔哇～好落伍喔。大叔，你打算用棋子和棋盤玩遊戲？」

「不行嗎？就是要用這種道具才有氣氛啊。這種的……」

——再也見不到他們了。

回到住處，偶爾也會幻聽到船原雪的聲音。朱時常想，為什麼自己還活著？朱在公安局學到一件事：人活著必然會面臨喪失。死亡固然悲傷，活著卻也痛苦。

「怎麼了？妳的臉似乎怪怪的。」

宜野座執行官一大早就到大辦公室報到。

「我的臉才不奇怪呢。」朱鼓起腮幫子回答。

「監視官，妳偶爾會一臉呆滯地半張著嘴。我是指這個。」

「唔唔……」

「所以說，發生什麼事了？」

「我在想大家的事。」

「大家？」

「阿滕、征陸先生……還有我的朋友小雪。」

朱的話也為宜野座臉上帶來陰霾。他和朱一樣，仍忘不了死者的事。這是兩人的共通點，是永遠不可能療癒的深刻傷痛。

「當中不包含狡嚙嗎？」

「……狡嚙先生他……」聽到這個名字，朱顯露些許動搖。「我說不太上來……」略為思忖一番後，她接著說：「總覺得他……不會這麼輕易就消失。」

＊

狹小的房間裡，有一名男子躺在窄床上。房間裡什麼裝飾也沒有，能聽見海潮聲。桌上擺著香菸與菸灰缸，以及一本讀了一半的書。

男子在遠離故鄉之處。

——這裡的風有股鹹味。

男子緩緩起身，望向狹窄的窗戶外頭。天空是如此寬廣。不會被高層大樓遮蔽的陽光，強烈到給人一種彷彿要和細胞起化學變化、使血液沸騰起來的錯覺。這個世界無邊無際。長年生活在那座城市裡，讓人連如此理所當然的事也忘記了。把居民零碎區分為各種類型的氛圍是希貝兒先知系統創造出來的，還是那座城市與生俱來的性質？

男子以為自己沒什麼可以失去的，實際上並非如此，有種胸口像是被挖了個大洞的感覺。

——今後該何去何從？

倦怠至極的他決定先在這個靜謐的地方好好休養身體。即便接下來再也不會有任何好事，就算人生只剩喪失與痛苦，這副身體也必須背起殺人的責任，直到被殺的那一天來臨。只要有任何能夠接受的死法，他就會欣然赴死。傾耳細聽陣陣襲來的海潮聲——海的呼吸——這種感覺倒也還不賴。

參考資料、引用文獻

新共同翻譯《新約聖經》　日本聖書協會
《黑暗之心》　約瑟夫·康拉德 著、中野好夫 譯（岩波文庫）
《追憶似水年華》第七卷〈重現的時光〉　馬塞爾·普魯斯特 著、鈴木道彥 譯（集英社文庫遺產系列）

國家圖書館出版品預行編目資料

PSYCHO-PASS 心靈判官 / 深見真作；林哲逸譯．
-- 初版．-- 臺北市：臺灣角川，2016.03-2016.04
冊；　公分
譯自：PSYCHO-PASS サイコパス
ISBN 978-986-366-971-5(上冊：平裝). --
ISBN 978-986-473-068-1(下冊：平裝)

861.57　　105001225

輕文學
Light Literature

PSYCHO-PASS 心靈判官（下）

原著名＊ PSYCHO-PASS サイコパス（下）

作　　者＊深見真
譯　　者＊林哲逸

2016 年 4 月 25 日　初版第 1 刷發行
2020 年 6 月 9 日　初版第 2 刷發行

發 行 人＊岩崎剛人
總 經 理＊楊淑媖
資深總監＊許嘉鴻
總 編 輯＊呂慧君
副 主 編＊溫佩蓉
設計指導＊陳晞叡
印　　務＊李明修（主任）、張加恩（主任）、張凱棋

台灣角川

發 行 所＊台灣角川股份有限公司
地　　址＊105 台北市光復北路 11 巷 44 號 5 樓
電　　話＊（02）2747-2433
傳　　真＊（02）2747-2558
網　　址＊http://www.kadokawa.com.tw
劃撥帳戶＊台灣角川股份有限公司
劃撥帳號＊19487412
法律顧問＊有澤法律事務所
製　　版＊尚騰印刷事業有限公司
I S B N＊978-986-473-068-1